12の動物ものがたり

作　山部 京子
画　白崎 裕人

文芸社

本書は、株式会社 芸術生活社発行
の月刊『ＰＬＡＳＭＡ（プラズマ）』
2000年7月号～2001年6月号に連載
されたものをまとめたものです。

12の動物ものがたり ＊ もくじ

※本作品はフィクションであり、登場する人物などは架空のもので、実在するものとは一切関係がありません。

1 涙《なみだ》を光にかえて

「ラブ、今日から一人で頑張《がんば》るんだよ」

そう言って背《せ》を向けたパパさんの肩《かた》が小刻《こきざ》みに震《ふる》えている。何も言わず僕《ぼく》を抱《だ》きしめたママさんの目は、涙《なみだ》でいっぱいになっていた。

何かへんだな……と思ったとき『盲導犬《もうどうけん》訓練所』とあるワゴン車が玄関《げんかん》前に停まり、Sさんという訓練士の人が、にこにこと降《お》りてきた。

僕はシェパード犬のラブ。生後8カ月のやんちゃ盛《ざか》りである。優《やさ》しいパパさんとママさんと、幸せな家族の1匹《ぴき》として暮《く》らしていた。

「ラブはきっとよい盲導犬になれますよ。パピーウォーカー、どうもご苦労様でした」

そう言ってSさんは、後込《しりご》みする僕を2人から引き離《はな》すように車に乗せ

1 涙《なみだ》を光にかえて

ると、見知らぬ道へと走り出した。たんぽぽの綿毛がそよ風に舞《ま》うさわやかな五月の日。それが、大好きなパパさんとママさんとの永久のお別れになるなんて、僕《ぼく》はまだ夢にも思わなかった……。

僕を乗せたワゴン車は、盲導犬《もうどうけん》訓練所という看板《かんばん》のある門の前に着いた。中には、僕と同い年ぐらいのラブラドールやゴールデンレトリバーなどが、まるで幼稚園《ようちえん》のように集まっている。

「ラブ。これからここで盲導犬になる勉強をするんだよ。一緒《いっしょ》に頑張《がんば》ろうな」

Sさんは優《やさ》しく言ってくれたが、僕の胸《むね》は不安と悲しみでつぶれそうだった。パパさんとママさんはどうして一緒《いっしょ》に来てくれなかったの？　僕を嫌《きら》いになったのかな？　僕は捨《す》てられちゃったの……？

その晩《ばん》、僕は、冷たい訓練所の檻《おり》の中で、一人泣き続けた。

翌日《よくじつ》から、その涙《なみだ》も吹《ふ》っ飛ぶような訓練が始まった。シット、ダウン、ゴー、ウエイトなど、しつけは完璧《かんぺき》にマスターしていたはずの僕だが、訓練となると別物だ。僕が思い違《ちが》いをしたりすると、優しかったはずのSさんが、軍手をはめた手でピシャッと叩《たた》く。でも上手にできたときは、小さなことでも「グッド、グッド」とたくさん頭を撫《な》でてくれた。

　町に出るとハプニング続出だ。

　突然《とつぜん》よその犬が吠《ほ》えついてくる。だけど気にしちゃいけない。段差《だんさ》や階段《かいだん》にも気を配り、横断歩道の渡《わた》り方も覚えた。ハーネスをつけていても、レストランやお店で「ペットは禁止です」と咎《とが》められる。

「盲導犬はペットではありません」

　Sさんは辛抱《しんぼう》強く説明しながら、僕に人間社会のルールを教えた。

　一番怖《こわ》かったのは、不《ふ》服従《ふくじゅう》の訓練だった。

　横断歩道でSさんがゴーのサインを出す。僕はいつものように歩き出した。と、突然、大きな車が横から突《つ》っこんできて、キキーッ！　と耳も裂《さ》けそうな急ブレーキとともに、僕を轢《ひ》くぎりぎりのところで止まった。

　腰《こし》が抜《ぬ》けるほどの恐怖《きょうふ》に、僕はその場にへたりこんだ。

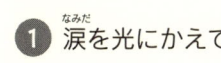

「いいかい、ラブは目の見えない人の目のかわりなんだ。危《あぶ》ないと思ったら、ゴーと言われても、行っちゃいけないんだよ」

Sさんが真剣《しんけん》な顔で言った。そのことが印象的だった僕《ぼく》は、ただ命令を聞くだけじゃなく、全神経でまわりを判断するようになった。

約1年の厳《きび》しい基礎《きそ》訓練の間、僕は思った。これができればパパさんたちが迎《むか》えに来てくれるかもしれない。きっとそうだ……。

僕は溢《あふ》れそうになる涙《なみだ》を、心の引き出しにしまいこんだ。

同期に入所したラブラドールやゴールデンレトリバーたちもみんな頑張《がんば》っている。しかし訓練に適応できなかったり病気になったりして、訓練所を去る者も多かった。厳しい訓練を経て盲導犬《もうどうけん》になれるのは、4割《わり》程度。日本ではまだ1000頭ぐらいしかいないそうだ。

そして、基礎訓練の仕上げである目隠《めかく》しした訓練士さんとのアイマスクテストもクリアできた僕のところに、Sさんが、事故で視力《しりょく》を失った若《わか》い女の人を連れてきた。

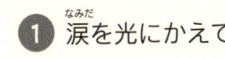

「ラブ、この人は新しいご主人のNさんだよ」

ご主人？　僕《ぼく》は戸惑《とまど》った。

Nさんも、僕がシェパードと聞いて、少し怖《こわ》がっているようだ。

「ラブは、シェパードの中でもとても柔順《じゅうじゅん》で落ち着いた性格です。ほら、自動車から主人を守ったサーブもシェパードだったでしょう？」

Sさんの説明にNさんはうなずいたが、すっかりは信用できないらしい。

僕だって、いきなりご主人だと言われても納得《なっとく》できない。が、ハーネスをつけられると、僕は仕事ヴァージョンに入る。


Nさんと僕の危《あぶ》なっかしい仮コンビが誕生《たんじょう》した。

本当のコンビになれるかどうか、一人と1匹《ぴき》の共同訓練の開始である。

ハーネスからNさんの不安が伝わり、僕も不安になって失敗につながる。段差《だんさ》をうまく教えられず、Nさんがつまずく。シマッタ！

でも、Nさんは「ごめんね」と、自分のほうが謝ってくれた。優《やさ》しい人

12の動物ものがたり

なんだ……、訓練で張り詰《つ》めていた僕は、ほっと気持ちが温かくなった。僕たちの共同訓練が、やっと軌道《きどう》に乗ってきたころだ。

横断歩道でNさんが「ゴー」のサインを出した。しかし、僕は勢いよく迫《せま》ってくる車の気配を感じて、行くのをためらった。

「どうしたの、ラブ。ゴーよ、ゴー！」

Nさんは、僕が命令をキャッチできなかったと思い、むきになって進もうとする。僕が全身に力をこめてNさんを引き留めたとき、ものすごい風圧とともに、大きなトラックが信号を無視《むし》して、僕たちの前を通り過ぎていった。Nさんは、ショックに震《ふる》えながら僕を抱《だ》いた。

「ありがとう、ラブ。私《わたし》を助けてくれたのね」

僕たちは、やっと本当のコンビになれたようだ。

それから数年、僕はNさんの家でアイメイトとして幸せに暮《く》らした。

けれども、僕たち犬の寿命《じゅみょう》は人間よりたいへん短い。厳《きび》しく長い訓練で

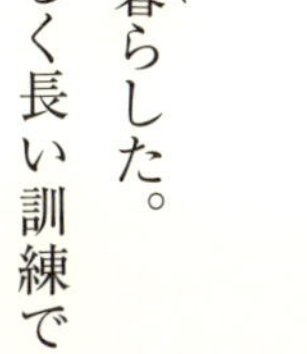

消耗《しょうもう》が激《はげ》しかった僕《ぼく》は、8歳《さい》になるころには脚《あし》が震《ふる》え、白内障《はくないしょう》にもかかっていた。もう盲導犬《もうどうけん》としてNさんを支えることはできない。

優《やさ》しく、僕を心から信頼《しんらい》してくれていたNさんとの別れ……。

僕の心の引き出しに、また新しい涙《なみだ》が加わる日がやってきたのだ。

僕たち盲導犬は、犬にとって一番つらい、ご主人との別れの連続である。

それでも僕たちは人間が大好きだから、心の引き出しにしまった涙を、目の見えない人たちの光にかえて頑張《がんば》っている。

今、僕は引退犬ボランティアのHさんの家で、静かに余生を過ごしている。

僕の脚を温かな手で摩《さす》りながら、Hさんがしみじみと言った。

「この小さな脚で、Nさんの大きな生きる力になったのね。お別ればかりでつらかったでしょうけど、よく頑張ったわね……」

Hさんのいたわりが胸《むね》にしみる。

まどろむ夢の中で、心の引き出しをそっと開けると、たんぽぽの綿毛に乗って、懐《なつ》かしいパパさんとママさんの笑顔《えがお》が僕を呼《よ》ぶように揺《ゆ》れていた。

2 子熊《こぐま》のムック

のっしのっし歩く母さんの後をちょこまかついていく僕《ぼく》。新緑の木漏《こも》れ日の中で、母さんが早くおいでと振《ふ》り向く。

母さんの胸元《むなもと》には、真っ黒な毛の中に美しく浮《う》かぶ白いV字模様《もよう》。僕にも小さいけれどお揃《そろ》いのマークがある。

僕はK町の森に棲《す》むツキノワグマの子ムック。母さんが冬ごもり中の2月に、ブナの木のうろの中で生まれ、この春、森にデビューしたばかりだ。

母さんが、大きな木の前で立ち止まった。

「これは栗《くり》の木よ。秋になるとおいしい実がいっぱいなって、素敵《すてき》なレストランになるの」

僕たちの食べ物は草の芽や木の実が中心だ。だから、実のなる多くの種

類の草や木がある森にしか棲《す》めない。

この森には、おいしい草の芽もどっさりある。僕《ぼく》は幸せな気分だった。


夏になった。

緑が一段《いちだん》と濃《こ》く揺《ゆ》れる美しい森の中で、僕の幸せ気分はぐらついていた。

「お腹《なか》がへったよー、母さん」

「困《こま》ったわね……今年は春が遅《おそ》かったから夏の実が少ないの。苺《いちご》の茂《しげ》みも道路になったし……」

食べ物を探《さが》し歩くうち、僕たちは森の下までおりてしまった。

気がつくと、目の前は人間の別荘地《べっそうち》だ。有名な観光地でもあるK町は、夏にはどっと人が押《お》し寄せ、森でも何度も人間を目撃《もくげき》している。

母さんは厳《きび》しい顔で僕に教えた。

「鈴《すず》やラジオの音が聞こえたら、人間が近くにいる証拠《しょうこ》。そんなときはすぐに逃《に》げるのよ」

母さんは人間が一番怖《こわ》いと言う。

別荘地を前にして、僕は少し不安になった。が、ふと近くのゴミ箱からおいしそうな匂《にお》いがする。あたりに人間がいないことを確かめた母さんが中を覗《のぞ》くと、甘《あま》い匂いの果物《くだもの》が無造作《むぞうさ》に捨《す》ててあった。

「スイカよ」

と、目を輝《かがや》かせた母さんが、手を伸《の》ばして拾い上げ、僕にもくれる。

「わあ、おいしい！　甘いねえ、母さん」

思いがけない御馳走《ごちそう》に、僕は大感激《だいかんげき》だった。

それから僕たちは、別荘地やホテルのゴミ箱を漁《あさ》るようになった。

人間の姿《すがた》を見かけたらすぐ逃げればいいし、いつ行っても御馳走にありつけるのが、僕たちをやみつきにした。

ある日、僕たちは国道近くの別荘地で、蓋《ふた》付きの鉄製の四角いカゴのゴミ箱を見つけた。

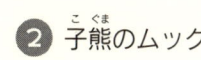

底のほうに、大好物のトウモロコシが見える。手で蓋《ふた》を開けた母さんが、上半身を深く突《つ》っこんで、それを拾い上げようとしたときだ。

「キャーッ！　熊《くま》よ。熊がいるわよ！」

別荘《べっそう》のほうで叫《さけ》び声が上がり、驚《おどろ》いた母さんはバランスを崩《くず》してゴミ箱の中に落ち、その拍子《ひょうし》に蓋がパタンと閉《し》まってしまったのだ。

「母さん！　ねえ、大丈夫《だいじょうぶ》？」

僕《ぼく》はあわててゴミ箱によじ登ってひっかいたが、僕の力では、重い鉄の蓋は持ち上がらない。狭《せま》いゴミ箱の中に真っ逆さまに落ちた母さんは、身動き一つとれない状態だ。

「どうしよう、母さん……どうしたらいいの？」

泣きそうな僕のまわりを、いつのまにか大勢の人間たちが遠巻《とおま》きに囲み、そこに細長い筒《つつ》のようなものを抱《かか》えた数人の男たちが到着《とうちゃく》した。

「子熊がいるぞ。中は母熊だな。へたに放すと興奮《こうふん》して危険《きけん》だ。親子とも殺すしかないいな」

リーダーらしき人が言い、ガヤガヤ集まっていた人たちがしいんと静まった。異様《いよう》な空気の中、男の一人が細長い筒《つつ》の先を僕《ぼく》に向ける。

「ムック、逃《に》げなさい！」

母さんがゴミ箱の中から叫《さけ》ぶ。

焦《あせ》って飛びおりたと同時に、パーン！と凄《すさ》まじい音が弾《はじ》け、右脚《みぎあし》に焼けるような痛《いた》みが走った。

僕を殺そうとしているんだ……！

凍《こお》りつくようなショックと恐怖《きょうふ》で、僕はその場にうずくまってしまった。

再び銃口《じゅうこう》が向けられる。

もうだめだ……絶望感に目を伏《ふ》せたところに大声が響《ひび》いた。

「猟友会《りょうゆうかい》のみなさん、撃《う》たないで下さい！」

胸《むね》に森のマークを着けたお兄さんとお姉さんが、僕をかばうように間に入った。

はっと鉄砲《てっぽう》を下ろした男の人たちが、迷惑《めいわく》そうに言う。

「またあんた方かい。あんた方のような自然保護団体が甘《あま》いこと言うから、こうやって熊《くま》がのさばるんじゃないのかね」

「のさばってるのは、人間のほうじゃないですか」

お兄さんが、少し厳《きび》しい口調《くちょう》で言った。

「私《わたし》たち人間は、ゴルフ場や道路建設で、熊の食べ物がある森を、どんどん奪《うば》っているんです。そこに、どうぞ食べて下さいと言わんばかりに、いい加減にゴミを捨《す》てる人間のマナーの悪さ。それが熊にこういう行為《こうい》をさせるんですよ！」

激《はげ》しい議論《ぎろん》のやりとりが始まり、僕はただ震《ふる》えながら聞いていた。

そのうち、遠巻《とおま》きの人々の間から声が上がった。

「考えてみれば、腹《はら》をすかせた熊の前に、食べ物を捨てるのは罪だよなあ」

「そうね……何も考えずにゴミを捨てておいて、熊が来たら殺すなんて、私たちも無責任よね」

そんな声が次第《しだい》に増え、猟友会の人たちは、しぶしぶ銃を収《おさ》めた。

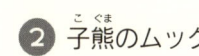

お兄さんが人々に言った。

「これから母熊《ははぐま》に麻酔《ますい》をかけて眠《ねむ》らせ、森に運んで、目が覚めたらトウガラシスプレーの『お仕置き』をして放します。みなさんは避難《ひなん》して下さい」

お兄さんたちは「大丈夫《だいじょうぶ》だよ」と僕《ぼく》をなだめながら、ゴミ箱の蓋《ふた》を開け、母さんにプッと小さな矢を吹《ふ》きかけた。

眠ってしまった母さんの体を引き出し、僕も一緒《いっしょ》に保護用の檻《おり》のついた車に乗せる。そして、森へと移動すると、まだ眠っている母さんの大きさや体重などを量り、最後にピンクの首輪のようなものをつけた。

「しばらくの間、この電波発信機を付けて、君たちの行動範囲《はんい》を教えてもらうよ」

少しすると母さんは目を覚まし、よろめきながら立ち上がった。とたんに、お姉さんが、母さんの顔にシューッと何かを吹きかける。

目も鼻もツーンとする刺激臭《しげきしゅう》に、母さんは顔をこすりながら逃《に》げ出し、僕は脚《あし》をひきずりながら、必死で後を追いかけた。

走りに走って安全な森の奥《おく》まで逃げたところで、母さんは僕をしっかりと抱《だ》き寄せた。

「母さん、母さん……、怖《こわ》かったよ……」

僕は涙《なみだ》をポロポロこぼしながら、母さんにしがみついた。

鉄砲《てっぽう》の弾《たま》がかすった脚を、母さんが優《やさ》しくなめてくれる。

人間に対する激《はげ》しい恐怖《きょうふ》の中で、僕たちを助けてくれたお兄さんたちの顔が、一点の灯火《ともしび》のように僕の心に蘇《よみがえ》った。

実りの秋が来た。僕たちは冬眠《とうみん》に備えてひたすら食べ続ける。

木登りも上手になった僕は、お兄さんたちとの絆《きずな》のピンクの首飾《くびかざ》りをした母さんと、栗《くり》の木の上で素敵《すてき》なランチタイム。

「やっぱり、ゴミより森のご飯が一番だね!」

甘《あま》い栗をお腹《なか》いっぱい食べながら、僕は、少し大人になった夏の日を思い返していた。

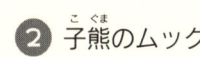

③ドルフィン・フレンズ

こんにちは！　私《わたし》はドリー。ここA島マリンパークで生まれた、５歳《さい》のメスのバンドウイルカです。島のまわりの海は、８月の日ざしが反射《はんしゃ》して、マリン・ブルーに輝《かがや》いています。

今日は夏休み恒例《こうれい》の『イルカと泳ぐ体験』の日。私は朝からわくわくしています。

私たちイルカは人間と遊ぶのが大好き！

生まれつきの旺盛《おうせい》な好奇心《こうきしん》で、人間のことを知りたいし、遊びに来た人が私たちの仲間になってくれるのが、とてもうれしいのです。

「マリリン、フィル、ドリー、おいで！」

トレーナーのFさんが呼《よ》んでいます。

マリリンはアメリカ生まれの8歳のバンドウイルカ。フィルは、海に浮《う》いていたビニールゴミに絡《から》まって動けなくなったところを、船のスクリューに巻《ま》きこまれて背《せ》ビレを痛《いた》め、ここに保護された美男のカマイルカです。

私たちは水面に上半身を立てて並《なら》び、Fさんがくれるお魚をゴックン！

プールサイドに、各地から来た10人ほどの小中学生がワイワイ集まっています。

本当は私たちと遊ぶには、シュノーケルやフィンをつけて海に潜《もぐ》るのが一番なのだけど、今日のみんなは初体験なので、プールで一緒《いっしょ》に泳ぐだけ。

準備体操《たいそう》の後、私たちが紹介《しょうかい》され、いよいよ子どもたちがプールに入ってきました。

「ウェー、しょっぺーぞ、このプールの水！」

男の子が顔をしかめています。

ここはプールといっても、フェンス越《ご》しに海と繋《つな》がっているから海水と同じ。マリリンがキュートな微笑《ほほえ》み顔で寄っていくと、男の子はしょっぺ

ーのも忘《わす》れたように、目尻《めじり》を下げています。

「キャー！　あのイルカ、私《わたし》を誘《さそ》ってるみたい」

鎌形《かまがた》のカッコいい背《せ》ビレに傷痕《きずあと》の残るフィルは、女の子にキャーキャー黄色い声で騒《さわ》がれるのが好きな、少しキザなイルカです。

ふと私は、プールサイドにつまらなそうに腰《こし》かけている、中学生ぐらいの男の子に気がつきました。日に焼けて逞《たくま》しい体つきなのに、なんて暗い顔をしているのかしら……。

「ジュン君、せっかく来たんだから入ろう」

トレーナーのＦさんが、プールの中から誘いますが、彼《かれ》は反抗的《はんこうてき》につっぱねます。

「何で俺《おれ》が、魚と遊ばなきゃならねえんだよ！」

Ｆさんは笑って、私を手招きしました。

「ジュン君、イルカは魚じゃないんだよ。君たちと同じ哺乳類《ほにゅうるい》。ほら、頭の後ろに蓋《ふた》のついた穴《あな》があるだろ？　これは鼻で、人間のように呼吸《こきゅう》をす

るんだよ。おへそだってあるんだから」

でもジュン君は、そんなことには無関心。

「俺《おれ》は、泳げばリハビリになるって言うから来ただけだよ。イルカなんて邪魔《じゃま》なんだよ！」

Fさんは少し考えてから、思い切ったように私《わたし》の前にジュン君を引っぱり下ろしました。

ドブンと水しぶきが上がり、いや応なくプールの中に入れられたジュン君は、怒《おこ》ったように私のいる水面をバシャッ！　と叩《たた》きました。

「あっちに行けよ！　にやけた顔で俺を見るな。そんな顔して俺をバカにしてんのかよ！」

いら立ちをぶつけるように、左手で水面を叩き続けるジュン君。他《ほか》の子どもたちが驚《おどろ》いて振《ふ》り向きます。こんなことは初めてです。

たまらず水の中に潜《もぐ》った私は、おや？　と思いました。

ジュン君は、右の肩《かた》を痛《いた》めているんじゃないかしら……？

私たちイルカには、体や心を病《や》んでいる人が発する信号をキャッチするセンサーのようなものが、生まれつき備わっています。

そして、だれとでも仲良く遊びたいので、不調のある人がいれば、真っ先にフォローしたくなるのです。

私は潜ったままジュン君の右側に回りこむと、脇《わき》に体を寄せて、肩をかばうように支えました。

ハッと私を見つめたジュン君が、振り上げていた左手を下ろします。

「おまえ……、俺の肩が悪いの、わかるのか？」

信じられない様子のジュン君を、私はプールの中央へ誘《さそ》いました。

ほら、マリリンやフィルもすぐに気がついて、こちらにやってきます。

「おい、何だよ。何でみんな俺のところに来るんだ？　……ワッ、くすぐったい」

焦《あせ》っているジュン君に、マリリンが得意のソフトキスを贈《おく》っています。

続いてフィルが、撫《な》でて下さいと言うように頭をかしげて差し出すと、

ジュン君はとうとう笑い出しました。

「ハハハ……、何だかおまえ、犬みたいだなあ」

他《ほか》の子どもたちもほっとしたように集まってきて、みんながマリリンやフィルの仲間になったみたいに、後について泳いでいきます。

私《わたし》はジュン君に寄り添《そ》って、少しずつみんなの輪の中にリード。

そのうちジュン君も、肩《かた》の不安を忘《わす》れたように、一緒《いっしょ》に泳ぎ始めました。

「ジュン君、肩が回るようになったじゃないか。その調子ならきっとまた野球もできるぞ」

Fさんの声にそちらに行ったジュン君は、付き添う私を興奮《こうふん》ぎみに見ながら言いました。

「このイルカ、何も言わなくても俺《おれ》のことわかってくれたんだよ。それに、最初あんなにひどいことしたのに、逃《に》げずについて来てくれて……」

さっきとは別人のように柔《やわ》らかな表情で、ジュン君は、私の頭をそっと撫《な》でました。

「さっきはごめんな……。俺《おれ》、肩《かた》を痛《いた》めてピッチャーも降《お》ろされて、すごく焦《あせ》ってたんだ。みんなも、そんな俺を腫《は》れ物に触《さわ》るように避《さ》けてさ。でもおまえは、壊《こわ》れた俺を真っ先に認《みと》めて、仲間にしてくれたんだよな。俺……」

ふいに言葉を途切《とぎ》らせ、うつむいたジュン君の目から、海と同じしょっぱい水がポタッ……と私《わたし》の顔に落ちました。

Fさんは黙《だま》ってうなずいています。

「早く泳ぎましょうよ！」

私はジュン君をつつきました。私たちと泳げば、しょっぱい涙《なみだ》もマリン・ブルーの海に溶《と》けて、新しいパワーに生まれ変わります。

マリリンの話では、アメリカでは体に障《しょう》がいを持つ人や自閉症《じへいしょう》の人、事故や病気の後遺症《こういしょう》に悩《なや》む人などが、海でイルカと遊ぶことで心を癒《いや》される『ドルフィン・セラピー』という試みも盛《さか》んだそうです。

でも、日本の海には、廃棄物《はいきぶつ》が流れこんだり、ゴミがたくさん浮《う》いていたりで、そういうことができるきれいで安全な場所が少ないと、ケガをした経験を持つフィルは残念がっていました。

「俺、肩を治して、もう一度頑張《がんば》ってみるよ」

明るい顔で、手を振《ふ》って帰っていくジュン君。

今度はもっと広い海に飛び出しましょうね！

ジュン君の新しいチャレンジにエールをこめて、私たちはきらめく水の中に、とびきりのジャンプをして見送りました。

4 裸《はだか》のタヌキ

僕《ぼく》はＭ市の里山に棲《す》むホンドタヌキのパル。茶褐色《ちゃかっしょく》の体に黒い手足、ふさっとした尻尾《しっぽ》と、鮮《あざ》やかなくまどりのある目がチャームポイントだ。

秋は僕たちの独立の季節。この春生まれた僕も両親や兄弟と別れ、新しい生活が始まる。

僕たちの行動時間の夜。食物を探《さが》しに出ると、仲間がゴソゴソ地面を嗅《か》ぎ回りながら、ミミズや昆虫《こんちゅう》や木の実などを口にしている。これが、狩《か》りが苦手なタヌキ流食事スタイルなのだ。

秋も深まったころ、僕はメイという同い年の女の子のタヌキと友達になった。

ある夜、一緒《いっしょ》に食事に出かけたメイが言った。

「ねえパル。向山に行ってみない？」

向山とは、もとはここと一つだった里山が人間の自動車用の道路で分割《ぶんかつ》されたところだと、母さんたちから聞いたことがある。

「向山には、おいしい柿《かき》があるんですって」

メイに誘《さそ》われるまま山の下におりると、ライトを光らせた自動車が激《はげ》しく行き交《か》っている。僕たちは側溝《そっこう》を歩きながら、車が途切《とぎ》れるのを待った。

メイが切れ目を狙《ねら》ってさっと飛び出す。と、そこに目も眩《くら》むようなライトとともに、猛《もう》スピードの車がカーブを曲がってきた。

「メイ！　危《あぶ》な……」

叫《さけ》ぶ間もなくギャン！　と悲鳴が上がり、宙《ちゅう》を飛んだメイの体が、僕の上にドサッと落ちてきた。

メイはぐったり動かない。

あまりのことに、僕は目の前が真っ暗になってしまった。

④ 裸《はだか》のタヌキ

気がつくと、消毒や薬の匂《にお》いがする部屋に寝《ね》かされていた。

病院のようだ。高校生ぐらいの女の子と、メガネのおじさんが、心配そうに覗《のぞ》きこんでいる。

白衣を着たお医者様らしい人が、僕《ぼく》の体を調べながら女の子に言った。

「大丈夫《だいじょうぶ》だよ、よっちゃん。びっくりして失神しただけで、ケガはしていないようだから」

「お父さんと車で通りかかったら、側溝《そっこう》の上に2匹《ひき》が重なって倒《たお》れていたの。もう1匹《ぴき》はまともにはねられたみたいで、かわいそうに……」

よっちゃんという女の子は目に涙《なみだ》を浮《う》かべ、メガネのお父さんが残念そうに首を振《ふ》った。

「きれいなタヌキだったのにな。何とか助けたくて、急いでここに運んだんだが……」

そうか、メイは死んだんだ……。僕は茫然《ぼうぜん》と横たわりながら、そのことを悟《さと》ったのだった。

翌日《よくじつ》、僕は向山のほうに放された。

メイを失った悲しみで、目的だった柿《かき》を探《さが》す気力もなくうろついていた僕は、おや？　と近くの人家に目をやった。庭園灯のそばで犬の相手をしているのは、ゆうべ病院で会ったよっちゃんだ。

「ねえ、お母さん。ロンが耳やお腹《なか》を痒《かゆ》がっているわよ。湿疹《しっしん》の薬をつけたほうがいいかな？」

そう言って家に入りかけたよっちゃんは、ふとこちらを見て、うれしそうに声を上げた。

「あらっ？　昨日のタヌキさんじゃない？　やっぱりそうだわ。お母さん、来て来て！」

よっちゃんに呼《よ》ばれたお母さんも出てきて、

「まあ可愛い。ソーセージ食べるかしら？」

④ 裸《はだか》のタヌキ

などと食べ物を持ってくる。さすがに空腹《くうふく》を覚えた僕《ぼく》は、そろそろと寄っていくと、初めて人間の手から餌《えさ》を受け取った。美味《おい》しかった！

よっちゃんの優《やさ》しさと美味しい食べ物に、メイのいない寂《さび》しさを紛《まぎ》らわすように、僕は毎晩《まいばん》そこに通うようになった。おとなしく気の良い犬のロンも、いつも僕を歓迎《かんげい》してくれ、ご飯まで分けてくれる。


向山での冬が過ぎ春になるころ、僕は顔が少し痒《かゆ》くなった。

食べ物探《さが》しもおっくうで、まっすぐよっちゃんの家に向かうと、途中《とちゅう》、裸《はだか》になるほど毛の抜《ぬ》けた数匹《すうひき》の奇妙《きみょう》なタヌキに会った。

時々体をかきながら、ふらふらと歩いている。

よっちゃんの家に着くと、何か様子がおかしい。

きつい薬剤《やくざい》の匂《にお》いが漂《ただよ》い、毛をあちこち刈《か》られたロンの周りに深刻《しんこく》な顔で集まっているのは、よっちゃんの家族と、あのときのお医者様だ。

立ち止まって顔をかいている僕を見つけたよっちゃんのお父さんが、こ

4 裸《はだか》のタヌキ

の間とは別人のように怖《こわ》い顔で言った。

「ロンの疥癬《かいせん》は、あのタヌキからうつったんじゃないのか？　保健所に連《れん》絡《らく》して早く処分《しょぶん》を！」

ロンを特に可愛がっていたお父さんは、すごい剣幕《けんまく》だ。

お医者様がまあまあとなだめる。

「よっちゃんの話だと、ロンは、タヌキが来る前から、体を痒《かゆ》がっていたそうじゃないですか。たぶん、ロンが先に疥癬にかかっていて、接触《せっしょく》したあのタヌキにもうつったんですよ。事故のときは、特に異常《いじょう》がありませんでしたからね」

えっと顔を見合わせたお父さんとよっちゃんたちに、お医者様は困《こま》ったように話した。

「最近よく、裸《はだか》のタヌキを見たという情報があるんです。人間に食べ物をもらいに来るタヌキにペットの疥癬がうつり、山の仲間にも広がってしまう……。治療《ちりょう》の機会がない彼《かれ》らは、やがて毛が抜《ぬ》けて死んでしまいます。

可愛いからと、人間が無責任に餌付《えづ》けをする結果なんですよ」

「そんな……」

ショックを受けた様子のよっちゃんに、お医者様は優《やさ》しく言った。

「よっちゃんがタヌキと仲良くしたい気持ちはよくわかるよ。でも野生動物は、ごちそうをあげたりペットのように可愛がっても幸せにはなれないんだ。本当に彼らのことを思うなら、この前の事故のように危険《きけん》な目に遭《あ》ったり、人間のところに来たりしなくても美味《おい》しい食べ物が自然に手に入る山を、我々《われわれ》ができるだけ奪《うば》わないで守ることなんじゃないのかな」

幸いまだ軽症《けいしょう》で、人間にも馴《な》れていた僕は、病院に保護され、顔の毛を少し剃《そ》られて薬浴などの治療を受けた。

僕の体がすっかり回復したとき、よっちゃんは目に涙《なみだ》をいっぱいためて言った。

「さよなら……。山に帰って元気で暮《く》らしてね」

よっちゃんの家では、もう僕《ぼく》への食べ物が用意されることはなかった。
その後、よっちゃんたちやお医者様が発起人《ほっきにん》となり、里山のタヌキの調査や、疥癬《かいせん》の薬を配る運動が始まった。病気のタヌキを見つけては、餌《えさ》に薬を混ぜたりしながら根気強く治療《ちりょう》を重ねる。

そして約一年後。裸《はだか》で死ぬタヌキも少しずつだが減り、M市の人々はさらにすばらしいプレゼントをくれた。

メイがはねられたあの道路に、僕たちが通る地下トンネルが造られたのだ。よっちゃんの「さよなら」の優《やさ》しさが、一つ一つかたちになって届《とど》けられるようだ。

蛍《ほたる》が舞《ま》う夏の夜、僕はメイによく似た妻と子どもたちを伴《ともな》い、トンネルをくぐった。父親らしくリードする僕を、元気になったロンを連れたよっちゃんが、微笑《ほほえ》みながら見守っていた。

5 小鳥たちのコンチェルト

Y市郊外《こうがい》の山々に囲まれた住宅街《じゅうたくがい》の一角に、私《わたし》たちスズメや野鳥に人気の音楽サロンがある。といっても、そこはただの人家で、住人は中年の笛の先生とその奥《おく》さん。

庭には、私たちのたまり場になる大きな金木犀《きんもくせい》や夏椿《なつつばき》などの木があり、去年亡《な》くなった愛犬のテリトリーとして敷地《しきち》の周りに張られたフェンスや、寝小屋《ねごや》や水飲み台が、供養《くよう》のためそのまま保存《ほぞん》されている。

毎朝、私たちは金木犀に集合し、雑草の種や木の虫などを啄《ついば》みながら、ピチュピチュ、グチュグチュとおしゃべりをしたり、水飲み台をプールに水浴びをしたりして過ごすのだ。

春になると、壊《こわ》れたままの樋《とい》には、愛犬の生前から抜毛《ぬけげ》をもらって巣作

りをしていたシジュウカラの夫婦が、毎年リピーターで住み、雛《ひな》たちの鈴《すず》を振《ふ》るような可愛い声が聞こえる。

仲の良いメジロのカップルが、チィーと鳴きながら庭の花の蜜《みつ》を吸《す》いに訪《おとず》れ、チョピン、チョピンと澄《す》んだ声でさえずるヒガラたちは、夏椿《なつつばき》の高い枝がお気に入りだ。

大きな体に似合わずスーッと滑《すべ》るように到着《とうちゃく》するのはキジバトで、指定席と決めこんだ金木犀《きんもくせい》の枝の中央で、デデッポーポーと得意の低音の声を響《ひび》かせる。

カラカラ……と静かにリビングの戸が開いた。一瞬《いっしゅん》おしゃべりを止《や》め、少し遠巻《とおま》きになった私《わたし》たちに、奥《おく》さんが「おはよー」と言いながら水飲み台の水を入れかえ、またそっと引っこんでいく。

私たちが虫を食べて落とし物もするので、この庭には殺虫剤《さっちゅうざい》や肥料を施《ほどこ》す必要がないと、奥さんは喜んでくれているようだ。

おりていった私たちが大騒《おおさわ》ぎしながら遊んでいると、リビングから、ピルルル……テューリララー……と、リコーダーの音が聞こえてきた。

先生は、フルート、リコーダー、ピッコロなど様々な笛を実に上手に吹《ふ》く。先生の笛を聴《き》くと、私たちはなぜかうっとりとしてしまい、おしゃべりも忘《わす》れて聴き入ってしまうのだ。ここを音楽サロンと呼《よ》ぶ所以《ゆえん》である。

キジバトなどは、一時先生の笛に恋《こい》してしまい、ヒョイヒョイ頭を下げる求愛ポーズをしながら家に入ろうと、何度もガラス戸に突進《とっしん》したほどだ。

奥さんが洗濯物《せんたくもの》を干《ほ》すときに限って近くの電柱に留まり「オバア、オバア！」と鳴く失敬《しっけい》なカラスに、先生は笛で「ホーホケキョ」と繰《く》り返し聴かせ、美しいウグイス言葉に更生《こうせい》させたというエピソードもある。

ある日、先生が、野鳥の声を録音したテープを奥さんに聴かせながら言った。

「これは、鳥の声の研究で有名なアメリカのC大学でも実験していることなんだがね。野鳥の声を回転数を下げながら再生すると……」

5 小鳥たちのコンチェルト

「あら？　まるで太い管楽器の音みたいだわ」

「これらを、そのまま五線譜《ごせんふ》に採譜《さいふ》して、実際に音楽に使っている例もあるそうだよ」

「素敵《すてき》ね！　この庭の小鳥たちの声もモチーフにして、コンチェルトができたらいいわね」

「じゃあ、うちに来る鳥たちにも、うんと歌を上手《うま》くなってもらわなくちゃな」

先生は笑って、『小鳥愛好家の楽しみ』という曲集の中から、私《わたし》たちの好きな『スズメのための曲』をソプラノ・リコーダーで吹《ふ》いてくれた。


その夏、私は初めて母親になった。

先生の家の軒下《のきした》のすき間に巣を作って卵《たまご》を温め、かえった雛《ひな》は5羽。2週間の子育てを経て、いよいよ子どもたちの巣立ちの日になった。

危《あぶ》なっかしいながら、次々と巣を離《はな》れ金木犀《きんもくせい》のほうへ飛んでいく。……

と、最後に飛んだチイが、懸命《けんめい》に羽を振《ふ》るのもむなしく、庭に落ちてしまったのだ。チイは、生まれつき両脚《りょうあし》の指が丸まったままで、うまく枝に留まれないだろうと心配していた子だった。

ピャッピャッ……と弱々しい鳴き声で、地面にはいつくばるチイ。

私はそばに舞《ま》いおりたものの、どうしてやることもできない。

チイの様子に気がついた奥《おく》さんが、慌《あわ》てて先生を呼《よ》んだ。

先生が顔をくもらせる。

「もしかすると、ダイオキシンの影響《えいきょう》かなあ」

最近、風致《ふうち》地区であるこのあたりの山々や住宅街《じゅうたくがい》にも、ゴミ焼却塔《しょうきゃくとう》からの煙《けむり》が忍《しの》び寄り、飛べなくなった野鳥や、雛の奇形《きけい》が報告され始めているという。

「かわいそうに……、家に入れて育てましょうか」

心配する奥さんに、先生は「いや……」と首を横に振《ふ》った。

「スズメは人間の近くにいるけど、接触《せっしょく》は絶対に嫌《きら》う鳥だよ。幸いここは

5 小鳥たちのコンチェルト

フェンスで猫《ねこ》も入って来ないし、このまま様子を見ようじゃないか」

奥《おく》さんは、水飲み台に留まれないチイのために、平たいお皿に水を入れて地面に置いてくれた。チイは喜んでその水を飲んでいる。

けれども、奥さんがせっかく撒《ま》いてくれるパンくずやお米は、キジバトや他《ほか》の元気な鳥たちに占領《せんりょう》され、チイは怯《おび》えたように庭の隅《すみ》に逃《に》げこんでしまう。奥さんは気をもんだ。

「困《こま》ったわ……。なんとかあの子スズメに食べてもらいたいのだけど」

ここは母親の出番である。私《わたし》はお米をくわえてチイのところに持っていき、口移しで食べさせることにした。チイはピャッピャッ……と甘《あま》えるように羽を振《ふ》り、勢いよく飲みこんでいる。

「まあ、けなげだこと……」

奥さんが感動したように目をうるませた。

暑さは木陰《こかげ》で、雨風は愛犬の寝小屋《ねごや》で凌《しの》ぎ、敵に襲《おそ》われる心配もない庭の中で、チイは約2週間、穏《おだ》やかに暮《く》らすことができた。

しかし、元々長くは生きられない子だったのだろう。9月初めのよく晴れた朝、チイは愛犬の寝小屋の脇《わき》で、静かに息を引き取っていたのだった。私の悲しみが仲間にも伝わり、いつになくおしゃべりの少ない午前中、先生と奥さんは、チイを金木犀《きんもくせい》の根元に埋葬《まいそう》してくれた。小菊《こぎく》を供《そな》えて涙《なみだ》ぐむ奥さん。先生がソプラノ・リコーダーを持ってきた。

「この子スズメに聴《き》かせようと、ゆうべ作った曲なんだよ」

先生が吹《ふ》き始めたのは、ピャッピャッというチイの声を模《も》したような可愛らしい曲だ。

ありがとう先生……。私たちは、先生のリコーダーに応えるようにさえずりを重ねた。キジバトもデデッポーポーと、おごそかな低音を添《そ》える。

先生と私たちの初めてのコンチェルトは、チイへのレクイエムのように、澄《す》んだ青い空に吸《す》いこまれていく。曲に乗って、今は自由に空に舞《ま》い上がったチイのうれしそうな声が、一瞬《いっしゅん》高らかに聴こえた気がした。

6 跳《と》べ！ロッキー

オーストラリア生まれの僕《ぼく》が、日本のI県の乗馬クラブに来たのは、7歳《さい》のときだった。名前はロッキー。サラブレッド系の栗毛《くりげ》のせん馬で、障害飛越《しょうがいひえつ》の調教を受けた僕は、跳躍《ちょうやく》は豪快《ごうかい》だが、気持ちはとてもデリケート。

来たばかりのころは、寂《さび》しくて心細くて落ち着けず、心配した厩務員《きゅうむいん》さんがウサギを連れてきてくれた。

僕たち馬は、なぜかウサギと一緒《いっしょ》にいると安心できるのだ。大の馬がウサギにお守《まも》りされるなんて、ちょっと恥《は》ずかしいが、おかげで、僕は思ったより早く立ち直り、厩務員さんや先生方とも、すぐに仲良くなった。

近くの潟《かた》から水鳥の声がする田園地帯の馬事公苑《こうえん》内にあるこのクラブは、隣《となり》が競馬場。地方クラブの中でも、施設《しせつ》の規模《きぼ》・内容ともに充実《じゅうじつ》しており、

仲間の馬たちも、数々の大会で好成績を上げている。

指導陣《しどうじん》も優秀《ゆうしゅう》な人が揃《そろ》い、国体の障害飛越《しょうがいひえつ》で優勝《ゆうしょう》した経験もあるO先生は、僕《ぼく》に初めて会ったとき感激《かんげき》をこめて言った。

「ロッキーはペガサスにそっくりだよ！」

ペガサスとは、先生とペアを組んでいた優秀な馬だったが、試合中の踏《ふ》み切りの際、不幸にも、馬場に埋《う》まっていた大きな石をまともに踏んでしまい、バランスを崩《くず》し転倒《てんとう》。石を踏んだ衝撃《しょうげき》で、脚《あし》の骨《ほね》が砕《くだ》ける致命傷《ちめいしょう》を負って、安楽死を余儀《よぎ》なくされたという悲しい思い出の馬だそうだ。

先生も、そのとき腰《こし》に大怪我《おおけが》をして第一線を退き、今は指導者に徹《てっ》しているが、ペガサスの面影《おもかげ》が重なる僕には、特に目をかけてくれている。

僕がクラブにもすっかり馴染《なじ》んだ4月のある日。

先生が張り切った様子で、一人の少年を連れてきた。

「ロッキー、今度クラブに入った翔君《しょう》だよ」

都会の有名乗馬クラブで、ジュニア障害飛越《しょうがいひえつ》のホープだったという翔君《しょう》は、中学2年生。お父さんの転勤《てんきん》で、この地方に越《こ》してきたそうだ。

「翔君、君とペアを組むロッキーだ。いい馬だろう?」

先生は誇《ほこ》らし気に僕《ぼく》を紹介《しょうかい》したが、翔君は、期待などしていないようにつぶやいた。

「こんな田舎《いなか》じゃ、ろくな馬がいないだろうな」

僕はたちまち気を悪くした。僕たち馬は、人の心に大変敏感《びんかん》である。馬を認《みと》めない人間など、こちらだって認めたくない。

僕はブルッと顔を振《ふ》って、不快感を表明した。先生が笑う。

「君に馬鹿《ばか》にされたと思って、ロッキーが怒《おこ》ってるじゃないか。デリケートで利口な馬だから、仲良くなれば最高のペアになれるよ」

翌日《よくじつ》から僕と翔君のペアの練習が始まった。

「ロッキーと翔君なら、秋のジュニア選手権《せんしゅけん》で入賞できるかもな。いや優勝《ゆうしょう》も狙《ねら》えるかも」

クラブ内の期待も一気に高まり、練習を見物する人も増えてきた。

障害飛越は、基本的には、決められたコースのハードルや水濠《すいごう》などの障害を、規定の時間内に、流れるような助走とリズミカルな飛越でクリアする競技で、騎手《きしゅ》と馬の呼吸《こきゅう》が何より肝心《かんじん》である。

しかし、最初の出会いが悪かった僕たちは、ぎくしゃくしっぱなしだった。

プライドが高く、自分のペースで強引《ごういん》に誘導《ゆうどう》しようとする翔君と、そんな彼《かれ》の傲慢《ごうまん》さが気に入らず反抗《はんこう》する僕。コースを外し着地でよろめく僕たちは、見物人の失笑を買い、ふだん優《やさ》しいO先生がとうとう怒った。

「何やってんだ！　障害飛越はちょっとした油断が命取りになるんだぞ。翔君なら、それぐらいわかってるだろう」

「だって先生、ロッキーが俺《おれ》の言う通りにしないから……」

ムッとする翔君に先生は厳《きび》しい顔で言った。

「いいかい翔君、馬は君の道具じゃないんだ。ロッキーはコースを完全に覚えているし、自分で考えて跳《と》べるほどの馬だ。もっと信頼《しんらい》して、呼吸を

合わせることだけを考えてごらん」

「先生は、いつも俺《おれ》ばかり叱《しか》るんだな。どうせみんな俺のことが嫌《きら》いなんだ……」

「みんな……？　みんなって何のことだい？」

先生が尋《たず》ねたが、翔《しょう》君は「べつに」と顔をそむけ、乱暴《らんぼう》に手綱《たづな》を回そうとした。

痛《いた》いなあ……、僕《ぼく》は抗議《こうぎ》の意味でお尻《しり》を振《ふ》り上げ、翔君を振り落としてしまった。とたんに馬場の外から、馬鹿《ばか》にしたような野次が飛んできた。

「へったくそー。いつも自慢《じまん》している都会の馬術って、馬からころげ落ちることかよ」

どうやら翔君と同じ中学の少年たちらしい。翔君は真っ赤になり、急いでまた僕の背中《せなか》に乗ったが、そのままじっと動かない。振り向いた僕はびっくりした。いつも強気の塊《かたまり》みたいだった翔君が、唇《くちびる》をきゅっと噛《か》みしめ、懸命《けんめい》に涙《なみだ》をこらえているのだ。こんな翔君を見るのは初めてだ。

さすがにうろたえた僕は、あっと気がついた。さっきの少年たちの野次……、翔君はもしかして、友達とうまくいってないんじゃないだろうか？

ふと僕の胸《むね》に、日本に来た当時のことが蘇《よみがえ》った。ウサギなしにはいられなかったほどの心細さ……。翔君も都会から見知らぬ地方に来て、すごく寂《さび》しかったに違《ちが》いない。でも、プライドの高い翔君は素直《すなお》にそう言えず、一人つっぱって、つい傲慢《ごうまん》な態度になってしまっていたのだ。

翔君の本当の心を察した僕は、ふいにパートナーとしての自覚が湧《わ》き上がった。障害飛越《しょうがいひえつ》のホープと言われる翔君の実力を、あの少年たちにも見せてやりたい。

翔君、行くよ！　僕はスタート地点に戻《もど》ると、軽《かろ》やかな助走で障害を次々と跳《と》び始めた。

最初は驚《おどろ》いて手綱を引こうとした翔君も、自信を持ってイニシアチブを取る僕の気持ちが通じたのか、すぐに落ち着きを取り戻《もど》し、しなやかな姿勢《しせい》で呼吸《こきゅう》を合わせてくれる。最後の連続の障害も鮮《あざ》やかにクリアしてゴールした

僕《ぼく》たちを、先生が「よし！」とうれしそうに迎《むか》え、馬場の周りからも拍手《はくしゅ》が起こった。少年たちが「すっげー」と目を丸くして、そばに寄ってきた。

「おまえって、口先だけの都会の腰抜《こしぬ》け野郎《やろう》かと思ってたけど、すげーやつなんだなあ」

　はにかむように笑って、ストンと地面におりた翔君《しょう》は、僕の顔に頬《ほお》を押《お》し当てて言った。

「ありがとう、ロッキー。本当にすごいのはおまえだよ」

　夏休みになり、正真正銘《しょうしんしょうめい》のペアになれた僕たちは、秋のジュニア選手権《せんしゅけん》に向けて練習に励《はげ》んでいる。馬場の外から、今ではすっかり応援《おうえん》ギャラリーになった少年たちの声がかかった。

「頑張《がんば》れ翔！　跳《と》べ！　ロッキー」

　笑顔で応える翔君と心を合わせ、僕は真夏の眩《まぶ》しい日差しを、思いきり跳び越《こ》えた。

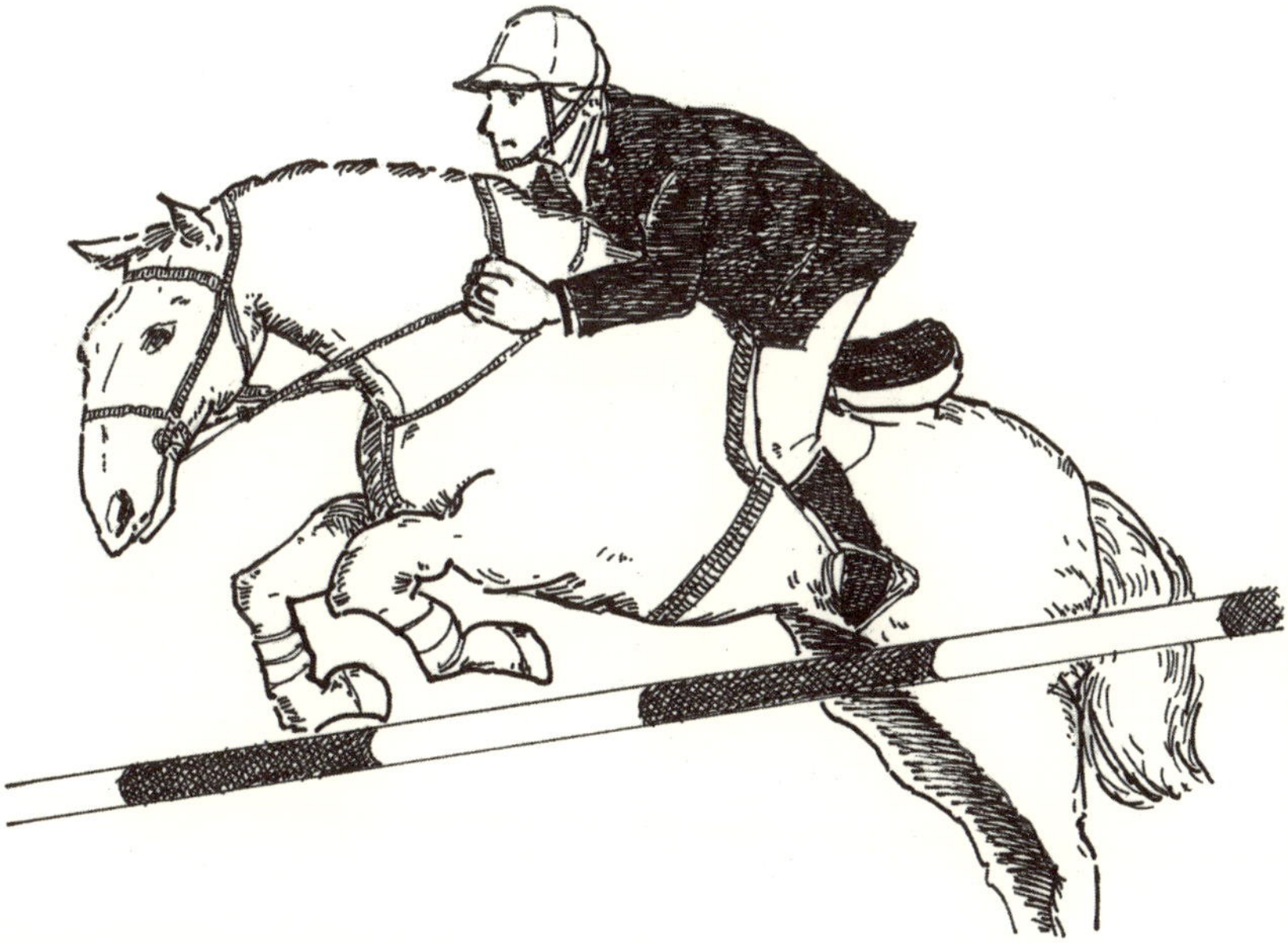

⑦ トビーのなみだ

ドーン……！　突《つ》き上げるような揺《ゆ》れがまた襲《おそ》ってくる。

のどかな観光地だったM島は、火山噴火《ふんか》による絶え間ない地震《じしん》と降《ふ》り積もる灰《はい》、鼻をつくガスで覆《おお》われ、パニックとなっていた。

「早く安全な場所に避難《ひなん》して下さい！」

サイレンが響《ひび》き、広報車が怒鳴《どな》る。ビー玉のような青い目で不安げに見上げた私《わたし》に、寅爺《とらじい》が「大丈夫《だいじょうぶ》だよ」とうなずいた。

私は猫《ねこ》のシマ。3年前の春、生まれたばかりの私たち子猫の処分《しょぶん》に困《こま》った人に、この島に捨《す》てられたのだ。兄弟5匹《ひき》のうち2匹は船の中で息絶え、2匹はカラスの餌食《えじき》となってしまった。残った私が保健所の係員に捕獲《ほかく》されかけたとき、畑仕事帰りの寅爺が通りかかった。

「捕《つか》まえたその子猫は、どうなるんだね？」

「新しい飼い主が見つからなければ、残念ですが炭酸ガスで安楽死となります。骨《ほね》や灰《はい》は肥料として、業者が引き取ることになるでしょう」

頑固者《がんこもの》で有名な寅爺の顔が、岩のようにこわばった。寅爺は、係員からひったくるように私を取り上げると、家に連れ帰ったのだった。

「わしは独り者だ。お前も気楽にやっとくれ」

灰色と白の縞模様《しまもよう》の私はシマと名付けられた。避妊《ひにん》手術も済《す》ませ、近所の猫集会にも無事デビュー。隣《となり》のコリー犬のトビーや、中学生の娘《むすめ》のミナちゃんとも友達になった。

常に紳士的《しんしてき》で忠義者《ちゅうぎもの》のトビーと、気楽でマイペースな私。性分《しょうぶん》は全然違《ちが》うが、お互《たが》いの領域《りょういき》を認《みと》め合うことで、けっこううまく付き合っている。

猫の私にとって、寅爺は最高の相棒《あいぼう》だ。ベタつかず、でも温かい。甘《あま》えたいときは好きなだけ膝《ひざ》に乗せてくれ、放っといてほしいときは、遠くから目を細めて眺《なが》めている。

私《わたし》は寅爺《とらじい》の家で、幸せに顔をうずめるように暮《く》らしていたのだ。

そこに、思いがけない火山の噴火騒《ふんかさわ》ぎが起こった。まずミナちゃんや子どもたちに避難勧告《ひなんかんこく》が出され、続いて多くの大人も島を後にし始めた。

しかし寅爺は動かなかった。

割《わ》り当ての避難所が、ペットの同伴《どうはん》を禁じたからである。

「猫《ねこ》には役場の係の者がちゃんとエサやりに回るから、安心して避難して下さいよ。ね?」

役場の人が毎日説得に訪《おとず》れるが、今日も寅爺は、頑固者《がんこもの》の本領を発揮《はっき》して首を横に振《ふ》る。

隣《となり》の庭からドンドンと激《はげ》しく雨戸をひっかく音が聞こえてきた。

トビーだ。ミナちゃんの家では、役場の再三の勧《すす》めで、両親も、数日前とうとう避難に応じたのだ。

やむなく置き去りにされたトビーは、気が狂《くる》ったようになった。

役場の人が配るご飯など見向きもしない。後を追えないよう厳重《げんじゅう》に鎖《くさり》で

つながれたまま、灰《はい》にまみれ、虚《うつ》ろな目で雨戸をひっかきながら、ひたすら帰らない家族を待ち続けているのだ。

「ペットは食べ物だけで生きているんじゃないよ。わしはシマにあんな思いはさせられん」

「困《こま》りましたねえ。お爺《じい》ちゃんに何かあったら、役場の責任になるんですよ」

「あんたの言うのは体面的な責任だろうが！　わしは家族としてこの子に責任があるんだ」

寅爺《とらじい》の剣幕《けんまく》に役場の人は仕方なく退散した。

午後、見慣れない青年が訪《おとず》れた。

「僕《ぼく》は動物救護ボランティアのTという者です。あなたが頑固《がんこ》で有名な寅さんですね？」

T青年は屈託《くったく》のない笑顔で快活に言った。

「僕たちは、動物を安全なところに移す活動をしています。シマちゃんも預けていただけないかと……」

T青年が切り出したとき、突然《とつぜん》トビーの悲鳴が上がった。見ると、雨戸をひっかいていて痛《いた》めたらしく、前脚《まえあし》を折り曲げて苦しんでいる。

「いけない。骨《ほね》が折れたかもしれないなあ」

駆《か》け寄って、手際よく応急手当てをするT青年に、寅爺は感心したように尋《たず》ねた。

「あんたは獣医《じゅうい》さんかい？」

「いえ、親父《おやじ》が獣医なもんで門前の小僧《こぞう》です」

手当てを終えたT青年は、衰弱《すいじゃく》しきったトビーを痛《いた》ましそうに撫《な》でた。

寅爺が言った。

「トビーは家族と一緒《いっしょ》じゃなきゃだめなんだ。このままじゃ、脚の痛みより、捨《す》てられた心の痛みで、もうすぐ死んでしまうだろうよ」

T青年は、少しの間何か考えるようにしていたが、「また来ます」と、急いで帰っていった。

翌日《よくじつ》。追い打ちをかけるように、台風接近のニュースが入った。

すでに鎖《くさり》をはずされたトビーは、ほとんど横たわったままである。が、寅爺《とらじい》が家に連れてこようとしても、頑《がん》と庭を動こうとはしなかった。

かわいそうなトビー……、こんな姿《すがた》になっても、まだ家族を待ち続けているのだ。寅爺はトビーの体の灰《はい》を拭《ふ》き、私《わたし》は寄り添《そ》うことしかできない。

「ごめんください」

庭先でT青年の声が聞こえた。

そのときだ。ぐったり寝《ね》ていたトビーが、弾《はじ》かれたように跳《と》び起きたのだ。そして「オ、オーン……！」と聞いたこともないような鳴き声を上げ、どこにそんな力が残っていたのかと思う勢いで、T青年に飛びついていった。

いや、T青年にではない。トビーが満身の力で飛びついたのは、その後ろにいたミナちゃんとお母さんだった。

「トビー、ごめんね……、本当にごめんね……」

目を真っ赤に泣きはらしたミナちゃんたちにしっかりと抱《だ》きしめられたトビーの両目から、次の瞬間《しゅんかん》、なみだがどっと溢《あふ》れ出した。

「おお……犬が泣くのを、わしは初めて見たよ」

寅爺《とらじい》が声を震《ふる》わせながら私《わたし》を抱き寄せた。

「ミナちゃんたちは偶然《ぐうぜん》、親父《おやじ》の動物病院の近くの避難所《ひなんじょ》にいらしたんですよ。犬を置いてきたと泣き続けているお嬢《じょう》さんがいると聞いて、もしかしてと思って行ってみたのですが……。切っても切れない絆《きずな》ってあるんですねえ」

感慨《かんがい》深そうにトビーたちを見つめたT青年は、寅爺のほうに向き直って言った。

「実は、トビーの話を聞いた親父が、病院裏《うら》の敷地《しきち》とバラックを、避難した島のペットたちに提供《ていきょう》したいと言うんです。そこなら、トビーも治療《ちりょう》しながらご家族と毎日会えますし……。ただ、それには人手が必要なので、寅さんに住みこみで手伝っていただけるとありがたいんですが」

え……？　と寅爺は戸惑《とまど》った顔をした。

「それは、シマも一緒《いっしょ》にということで……？」

「もちろんです。いやあ、たくさんのペットたちの世話となると、猫《ねこ》の手も借りたいほどですからねえ」

いたずらっぽく私を撫《な》でたT青年に、寅爺の頑固《がんこ》顔がみるみる緩《ゆる》んだ。

噴火《ふんか》に揺《ゆ》れたみんなの思いが、トビーのなみだと溶《と》け合うようだった。

島を去ったらいつ帰れるかわからない。でも、どこでも家族のいるところが私たちの家だ。

世界でただ一つのその温《ぬく》もりに抱かれ、私たちは万感《ばんかん》の思いで揺れる島を後にした。

8 知恵《ちえ》くらべ

約20年前、杜《もり》の都S市郊外《こうがい》のT大学キャンパスに、頭の良いカラスが出現した。カァカァと澄《す》んだ声のハシブトガラスより一回り小さく、ガァガァと濁《にご》った声で鳴くハシボソガラスの彼《かれ》らはクルミが大好物。だけどクルミの殻《から》は堅《かた》くてなかなか割《わ》れない。

そこで1羽がひらめいた。キャンパスを通る車の前にクルミを放り、タイヤに轢《ひ》かせてみたのだ。

大成功！　学生より学習熱心だったという仲間たちは、その技を次々に習得。杜の都に賢《かしこ》いクルミ割りカラスありと一躍《いちやく》有名になったのである。

僕《ぼく》は彼らの子孫にあたるビュー。新緑の五月、キャンパスはずれの坂道の街路樹《がいろじゅ》に、パパとママが小枝や針金《はりがね》ハンガーなどで作った頑丈《がんじょう》な巣の中の、フカフカの葉っぱのベッドで生まれた。

カラスは卵《たまご》を産んだ順番に温めて孵《かえ》していくので、末っ子の僕が誕生《たんじょう》したとき、兄さんと姉さんは、すでに飛ぶ練習に入っていた。

「さあ、今日からビューも練習しましょう」

ママが呼《よ》んでいる。初めて巣を出た僕は、おっかなびっくりそばの枝に留まってみた。

僕たちはスイスイ飛べるようになるまで、1カ月ほどじっくり練習を重ねる。その間、パパとママは交替《こうたい》で餌《えさ》を運び、面倒《めんどう》を見てくれるのだ。

ある雨上がりの朝。ママが餌を探《さが》しに出かけている間、兄さんや姉さんの真似《まね》をしてパサパサと羽を振《ふ》る練習をしていると、「ファイトー、ファイトー」と威勢《いせい》の良いかけ声とともに、数人の学生が坂道を駆《か》け上がってきた。

驚《おどろ》いて枝から落ちそうになった僕を見たパパがサーッと舞《ま》いおり「巣に近寄るな！」と、警告《けいこく》の意味で最後尾《さいこうび》の学生の頭を蹴《け》った。

不意打ちをくらった彼は「いてーっ！」と悲鳴を上げて逃《に》げようとした

が、雨の後で濡《ぬ》れていた道路で足が滑《すべ》り、ドテッと転んでしまった。他《ほか》の学生たちが彼《かれ》をかばおうと、枝を拾ってパパに向かって振《ふ》り回す。

そこにママが帰ってきた。パパは前方に飛んで彼らの気を引き、急降下《きゅうこうか》したママが後方からバシッ、バシッと頭をつつく。パパとママの見事な連係プレーに、彼らはついに枝を放り出して退散した。

その日、キャンパスは大騒《おおさわ》ぎになった。

「陸上部のM君たちが、カラスに襲《おそ》われたんだって！」

「ここのカラスも狂暴《きょうぼう》になったのかなあ」

悪評に傾《かたむ》くパパたちを弁護したのが、頭を蹴《け》られたM君が所属する研究室のY教授である。

「あれは子育て中のカラスで、縄張《なわば》りに近づいた君たちから雛《ひな》を守ろうとして思わず攻撃《こうげき》したんだよ。狂暴なんじゃなくて、それだけ子どもを大事にしてるんだ。巣立つまで、ひと月ぐらい近づかないようにすれば問題ないさ」

それから3週間後。僕《ぼく》もすっかり上手に飛べるようになり、兄さんや姉

さんの後を追って巣を離《はな》れることになった。

夜はみんな近くの植物園のねぐらに集合するが、昼間は、パパとママは相変わらず仲良しカップルで行動し、僕《ぼく》たちは大人になるまでの数年間、同年の若者《わかもの》だけで集団生活をすることになる。


新しい生活にも慣れてきた夏の初め、キャンパスの芝生《しばふ》で仲間とふざけあっていた僕は、行儀《ぎょうぎ》の悪い学生が捨《す》てたらしいペットリしたガムの付いたプラスチックの弁当の蓋《ふた》を、うっかり踏《ふ》んでしまった。ガムで足の裏《うら》に張り付いた蓋は、振《ふ》り払《はら》ってもどうしても取れない。

困《こま》ってバタンバタンやっている僕を見た姉さんが、急いで駆《か》け寄ってきた。姉さんはクチバシで蓋を押《お》さえ、僕にジャンプしなさいと言う。

言う通りにすると、蓋はパカッと離《はな》れた。

たまたま見ていたY教授が拍手《はくしゅ》して言った。

「さすがだねえ。他《ほか》の動物にはなかなかできないよ」

郵 便 は が き

料金受取人払郵便

新宿支店承認

2810

差出有効期間
平成22年7月
31日まで

（切手不要）

1 6 0 - 8 7 9 1

8 4 3

東京都新宿区新宿1－10－1

（株）文芸社

愛読者カード係 行

ふりがな お名前				明治　大正 昭和　平成　　年生　歳
ふりがな ご住所	□□□-□□□□			性別 男・女
お電話 番　号	（書籍ご注文の際に必要です）	ご職業		
E-mail				
書　名				
お買上 書　店	都道　府県　市区　郡	書店名	書店	
		ご購入日	年　月　日	

本書をお買い求めになった動機は？

1. 書店店頭で見て　2. 知人にすすめられて　3. ホームページを見て

4. 広告、記事（新聞、雑誌、ポスター等）を見て（新聞、雑誌名　　　）

上の質問に 1. と答えられた方でご購入の決め手となったのは？

1. タイトル　2. 著者　3. 内容　4. カバーデザイン　5. 帯　6. その他（　　　）

ご購読雑誌（複数可）	ご購読新聞 新聞

文芸社の本をお買い求めいただき誠にありがとうございます。
この愛読者カードは今後の小社出版の企画等に役立たせていただきます。

本書についてのご意見、ご感想をお聞かせください。 ①内容について
②カバー、タイトル、帯について
弊社、及び弊社刊行物に対するご意見、ご感想をお聞かせください。
最近読んでおもしろかった本やこれから読んでみたい本をお教えください。
今後、とりあげてほしいテーマや最近興味を持ったニュースをお教えください。
ご自分の研究成果や経験、お考え等を出版してみたいというお気持ちはありますか。 ある　　ない　　内容・テーマ（　　　　　　　　）
出版についてのご相談（ご質問等）を希望されますか。 する　　しない

ご協力ありがとうございました。
※お寄せいただいたご意見、ご感想は新聞広告等で匿名にて使わせていただくことがあります。
※お客様の個人情報は、小社からの連絡のみに使用します。社外に提供することは一切ありません。

「でも先生」と口を挟《はさ》んだのはM君である。

「先生はよくカラスを褒《ほ》めるけど、生ゴミを散らかしたり、だらしないところもありますよ」

「それは人間がだらしないんだよ。カラスに見せるように、いい加減にゴミを出すから、彼《かれ》らはいい食堂だと思って来るのさ。バケツなどでキチンと出してるところには、1羽も来ないだろ?」


事件が起きたのは、その翌日《よくじつ》のことだった。

少し冒険心《ぼうけんしん》が出た僕たちは、ハシブトたちがよく集まるキャンパス近くの町内のゴミ置き場に出かけてみた。

半透明《はんとうめい》のビニールに包まれた生ゴミは、どうぞとメニューを見せてくれているようなもの。喜んで袋《ふくろ》をつつき始めたとき、いきなり建物の陰《かげ》から2人の男が飛び出してきた。

バサバサッ……と仲間たちが飛び上がる。少し遅《おく》れた僕の体に、次の瞬《しゅん》

間《かん》、網《あみ》のようなものがドサッとかぶせられた。

驚《おどろ》いて暴れる僕《ぼく》を、メガネと初老の男たちが押《お》さえ付ける。そして、彼《かれ》らは僕の脚《あし》を網《あみ》ごと括《くく》ると、何とゴミ置き場の中央に逆さまに吊《つ》るしたのだ。

「こいつを見せしめにすれば、カラスもさすがに来なくなるだろう。良いアイデアだな」

初老の男が言い、2人は満足そうにうなずいて去っていった。

いったん逃《に》げた仲間たちが助けようと戻《もど》ってきたが、脚を括ったワイヤーは、姉さんでも外せない。みんながゴミ置き場の上の電線に留まって気を揉《も》むしかない中、僕は恐怖《きょうふ》と苦しさで泣き叫《さけ》んだ。

そこに「ファイトー、ファイトー」と走ってきたのが、朝練中のM君たちである。異様《いよう》な雰囲気《ふんいき》で電線に並《なら》ぶカラスと、ぶら下がってもがいている僕に気づいた彼らは、ギョッとしたように足を止めて近づいてきた。

「うわあ……、ひどいことするなあ」

「Y先生が言ってたよ。カラスが来るのは、ゴミの出し方が悪いせいだって。それを棚《たな》に上げて、こんな残酷《ざんこく》な方法で追い払《はら》おうなんて、フェアじゃないよな。よし、僕たちで助けよう」

M君の提案で、学生たちはおそるおそる僕をおろすと、ワイヤーを解き

にかかった。警戒《けいかい》していた仲間たちも、彼《かれ》らが敵ではないと察し、静かに見守っている。

ようやくワイヤーが外れた。ショックと脚《あし》の痺《しび》れですぐには動けない僕《ぼく》を、M君たちがかわるがわる撫《な》でて言った。

「よく見ると、カラスってかわいい顔してるなあ」

この件で、M君たちは、町内のカラス対策《たいさく》役員会から大目玉をもらったが、Y教授にはうんと褒《ほ》められた。

人間とカラス……それぞれの正義に基づき、長年知恵《ちえ》を競《きそ》い合ってきた。でも、どんな知恵より素敵《すてき》な、対等に生きる仲間の心を、M君たちは見せてくれた気がする。

秋の陸上の大会のころには、僕はもっと高く飛べるようになるだろう。

そのときは、おいしいクルミをおやつに、大空からM君たちを応援《おうえん》しようと、楽しみに夢見ている。

9 尻尾《しっぽ》をなくした日

スルスルッと木を登り、ピョン、ピョン、ピョーン！　と梢《こずえ》を三段跳《さんだんと》び。神社の賽銭箱《さいせんばこ》の上をタタッと横切ると、ガイドブック片手のお嬢《じょう》さんたちが、お参りも忘《わす》れて叫《さけ》びます。

「キャッ、リスよ、リス！　かーわいい！」

ふさふさの灰褐色《はいかっしょく》の尻尾《しっぽ》を振《ふ》り、愛嬌《あいきょう》たっぷりに跳び回る私《わたし》は、湘南《しょうなん》の古都K市に住むタイワンリスのピピ。紫陽花《あじさい》のころに神社の欅《けやき》の樹上《じゅじょう》の巣で生まれ、金木犀《きんもくせい》が香《かお》る今は、ジャンプもかなり上手になったところです。

海と山々に囲まれ豊かな自然が残るK市には、私の仲間が大勢棲《す》み、樹《じゅ》木《もく》の花や実などのランチをしながら、あちこちで鳴き交《か》わしています。

私は神社を出て電線を渡《わた》り、街に行ってみました。ピョーンと着地した

のは、観光客で溢《あふ》れるショッピング通りの楓《かえで》の木の上。

ひと休みして毛づくろいしようとした私《わたし》はギョッとしました。目の前に私たちの天敵である青大将《あおだいしょう》がグルグルと巻《ま》き付いていたのです。

私はとっさに「チーチー」と警戒《けいかい》の声を上げました。

私たちは仲間同士の連携《れんけい》が強く、蛇《へび》のときは「チーチー」、猫《ねこ》のときは「ワンワン」など声色《こわいろ》を使い分けて危険《きけん》を知らせるのです。

気が付いた人々が、木の下に見物に集まってきました。

「リスちゃん頑張《がんば》って！」

「早く逃《に》げろー」

大方の観光客が私を応援《おうえん》する中「リスなんか蛇に食われちまえ」と、乱《らん》暴《ぼう》に言った人がいます。地元の人間らしいひげの中年の男性です。

「ここのリスどもはとんだやっかい者だよ。天井《てんじょう》や戸袋《とぶくろ》をかじって、ずうずうしく巣を作るし、うちは修理に百万円もかかったんだから」

「そうそう、庭木の皮をはがしたり、実を食べたり、電話線までかじるん

だから、困《こま》りますよねえ」

そばの店の人も出てきて言い出し、人々がしんとなったとき、梢《こずえ》の陰《かげ》から声がしました。

「あたしが蛇《へび》の気をひく間に逃《に》げなさい！」

大柄《おおがら》な大人のそのリスは、抜群《ばつぐん》の運動神経でピョン、ピョーン！　と蛇の斜《なな》め後方の枝に飛び移りました。

蛇の視線《しせん》がカッとそちらに向きます。人々が「おー」とどよめき、私《わたし》は一目散に走って民家の屋根へと逃げました。

ドキドキしながら振《ふ》り向くと、助けてくれたリスも、もう蛇をまいて追いついてきます。ほっとしてお礼を言う私に、彼女《かのじょ》は「大したことじゃないわ」と尻尾《しっぽ》を振りました。

「あたしはカヤっていうの。まあ、あんたの尻尾は奇麗《きれい》ねえ。あたしのはもうボロボロよ」

私たちは敵に捕《つか》まったとき、尻尾の一部をかじらせて逃げる場合があります。失った部分は二度と生えないので、大人になるほど貧弱な尻尾が多くなるのです。

尻尾はボロでも気の良いカヤと、私はすぐに友達になりました。

翌日《よくじつ》、カヤは住宅街《じゅうたくがい》を案内してくれました。

まず寄ったのは萩《はぎ》の花が咲《さ》く小さな家。庭では上品な白髪《はくはつ》のおばあさんが、仲間のリスが皮をはいだ木の手入れをしています。

私たちを見ると、おばあさんは手をとめて微笑《ほほえ》みました。

「あのおばあさんは、餌《えさ》はくれないけれど、あたしたちが庭で遊んでも、怒《おこ》ったりはしないのよ」

次にカヤが連れていってくれたのは、数軒《すうけん》先の立派《りっぱ》な構えの家です。ベランダを渡《わた》り軒下《のきした》から滑《すべ》りこんだところは天井裏《てんじょううら》。そこには、小枝や樹皮《じゅひ》を使った巣ができていました。

「あたしの巣よ。この家の人が餌をくれていたので、便利だからここに作

ったの」

樹上《じゅじょう》の巣しか知らなかったので、珍《めずら》しそうに見回した私《わたし》は、そばに蛇《へび》の姿《すがた》を見つけ、思わず「チー」と飛びのきました。カヤが笑います。

「それは蛇に似せたビニールホースよ。この家の人が、あたしを追い払《はら》おうとしかけたの」

追い払う……？　私はけげんな顔をしました。

「だって、この家では、餌《えさ》もくれたんでしょう？」

「はじめはね。でも、あたしがここに棲《す》み着いたら、今度は追い出せって大騒《おおさわ》ぎ。人間ってわからない動物よねえ。親切に呼《よ》んでおいて、ある日突《とつ》然《ぜん》態度が変わるんだもの」

それから数日後の秋晴れの午後。慌《あわ》てふためいた仲間が知らせにきました。

「ピピ、大変！　カヤたちが捕《つか》まっちゃったよ」

驚《おどろ》いて住宅街《じゅうたくがい》に飛んでいくと、カヤや数匹《すうひき》の仲間を捕《と》らえた檻《おり》を、人々が囲んでいます。

「やっと捕獲《ほかく》許可が出てせいせいしたよ」

満足げに笑っているのは、いつか「蛇《へび》に食われちまえ」と言っていたひげの男性です。

カヤ！　私は夢中でそばのベランダに飛び移りました。が、次の瞬間《しゅんかん》、思わぬことが起きました。そこに仕かけてあった捕獲用粘着《ねんちゃく》テープに、尻尾《しっぽ》がベタンと付いてしまったのです。

「またいたぞ」と家の人が現れ、尻尾を捕らえたテープをつまみ上げます。

逃《に》げようともがいたとたん、私の尻尾は半分以上がブチッと切れてしまいました。落下傘《らっかさん》でもある尻尾を突然《とつぜん》失った私は、下に真っ逆さま……。

硬《かた》い舗装《ほそう》道路に落ちた衝撃《しょうげき》で、脚《あし》も骨折《こっせつ》してしまいました。

「うう……痛《いた》いよ……」

惨《みじ》めに転がった私を、そっと抱《だ》き上げてくれたのは、萩《はぎ》の花の家のおばあさんです。

捕獲員《ほかくいん》が痛《いた》ましそうに言いました。

「考えてみれば、リスもかわいそうですねえ。ここのタイワンリスは、明治時代に船員がO島から小遣《こづか》い稼《かせ》ぎに持ちこんだり、そこのE島植物園に導入したのが棲《す》み着いたんだそうで、そもそもは人間が連れてきたんですから……」

「何を言ってるんだね」

ひげの男性が遮《さえぎ》りました。

「昔はどうあれ、今は増え過ぎたリスは害獣《がいじゅう》だよ。うちは百万円の被害《ひがい》を被《こうむ》ったんだからな」

「あなたは百万円とおっしゃいますけど……」

と、おばあさんがキッとして口を開きました。

「このリスたちは、勝手に連れてきたり、餌付《えづ》けして増やしたりした人間の責任の代償《だいしょう》を、命で払《はら》わされるんですよ。あなたも、去年までは、かわいいと餌《えさ》をあげていたじゃありませんか」

ひげの男性は、赤くなって黙《だま》ってしまいました。

けがをした私《わたし》は、避妊《ひにん》と絶対逃《に》がさないという条件付きで、市の許可を得たおばあさんに引き取られることになりました。

尻尾《しっぽ》をなくし、二度と自然の中を跳《は》ね回れないのは悲しいけれど、救いは、カヤたちも安楽死を免《まぬか》れ、近郊《きんこう》のリス園に保護されたことです。

市とおばあさんたちは、観光客や地元の人々に、身勝手な餌付《えづ》けをやめるよう呼《よ》びかけを始めました。

「もとはお友達だったはずのあなた方リスと私たち人間の関係が、あなたの尻尾のように切れてしまわないようにしなくちゃね……」

優《やさ》しく看護《かんご》してくれるおばあさん。その温かな手に包まれた私の胸《むね》に、遠くで鳴き交《か》わす仲間たちの声が、切なくこだましていました。

10 野生のまなざし

北の大地に夏雲が現れ、パッチワークのような丘《おか》の花畑が広がった。F市は甘《あま》いラベンダーの香《かお》りに覆《おお》われ、それに誘《さそ》われた人々が押《お》し寄せてくる。森の木立の間から、僕《ぼく》は珍《めずら》しそうにその賑《にぎ》わいを見つめた。

僕はキタキツネのキッチー。この春に生まれ、独り立ちへの勉強中である。ママに教えられた狩《か》りも実践《じっせん》ではまだヘタクソで、すばしっこい野ウサギや野ネズミはなかなか捕《つか》まらない。お腹《なか》をすかせて森をうろついていると、麓《ふもと》から良いにおいが漂《ただよ》ってきた。

いそいそとやってきた先輩《せんぱい》のキツネが誘う。

「ホテルの庭でバーベキューが始まったんだ。ごちそうにありつけるから、一緒《いっしょ》に行こうよ」

「えっ、人間のところに……？」

僕《ぼく》はびっくりしたが、先輩《せんぱい》の慣れた様子と、ごちそうの誘惑《ゆうわく》に引かれ、ついていってみた。

白樺《しらかば》の木立に点在するテーブルで、人間たちが肉や野菜をジュージュー焼いている。僕たちに気が付いた女の子が興奮《こうふん》したように言った。

「ね、ね！　あれ、キタキツネじゃない？」

先輩のキツネは彼女のほうに近づくと、犬のようにお座《すわ》りしてみせる。彼女たちは大喜びだ。

「わあ、かわいい！　お肉あげてみようか」

そこでは、僕たちはまさにアイドルだった。どのテーブルでも、ごちそうをくれたり写真を撮《と》ったり。

人間って優《やさ》しいんだなあ……。僕は大感激《だいかんげき》だった。

僕たちが歓迎《かんげい》されるのは、ホテルだけではなかった。駐車場《ちゅうしゃじょう》やキャンプ場など、観光客がいるところに行けば必ずかわいがられ、何かしら餌《えさ》をも

らえる。人間が不在の夜中でも、ゴミ箱には溢れるほどの食べ物が捨てられている。

苦労して狩《か》りをするなんてバカバカしくなり、僕《ぼく》はいつの間にか、かわいい顔で人間に餌《えさ》を貰《もら》い歩く『おねだりキツネちゃん』になっていた。

ある日、僕はキャンプ場の前のペンションを通りかかった。

庭でオーナーらしい男性が、干《ほ》したラベンダーを束ねている。

僕はそばに行き、得意のおねだり顔をしてみせた。しかし、彼《かれ》は僕を無視《むし》して黙々《もくもく》と作業を続けている。

僕はもっと近くに寄ってみた。すると、彼はあっちに行けというように手を振《ふ》る。戸惑《とまど》った僕がぐずぐずしていると、彼は突然《とつぜん》立ち上がり「森に帰りなさい」と、両手をパン！　と打ち鳴らしたのだ。

僕は驚《おどろ》いて跳《と》び上がり、一目散に逃《に》げ出したが、森まで来ると急に腹《はら》が立ってきた。

「何だよあのおじさん。ケチンボー！」

茂《しげ》みに八つ当たりしているところに、蛇《へび》をくわえた立派《りっぱ》な体格の大人のキツネが現れた。太い尻尾《しっぽ》の先端《せんたん》と顎《あご》から胸《むね》にかけての白い毛がひときわ美しいそのキツネは、いつかママが「あなたのパパよ」と教えてくれたことがある。蛇を置いたパパは、おねだり仲間とは違《ちが》う深く鋭《するど》いまなざしで、僕をじっと見下ろした。

「キッチー。人間に頼《たよ》らずに、早く狩《か》りを覚えなさい。僕らはペットではないんだよ」

パパはそれだけ言うと、また蛇をくわえ森の奥《おく》に入ってしまった。

初めて人間に追い払《はら》われ、パパにもお説教されて、僕は面白《おもしろ》くなかった。

夜になり、お腹《なか》も減ったので、さっきのペンションの前のキャンプ場に行ってみると、バイク旅行の学生たちが、夕食の食べ残しを放置したままテントで飲んでいる。

悠然《ゆうぜん》と残り物をパクついた僕の目に、無造作《むぞうさ》に置かれたライダーの革《かわ》グローブが映《うつ》った。むしゃくしゃしていた僕は、恰好《かっこう》のストレス発散の道具

⑩ 野生のまなざし

とばかりかぶりつき、ビュンビュン振《ふ》り回した。

「あぁーっ！　俺《おれ》のグローブが――！」

学生が気が付いたときはもうボロボロである。取り返そうと学生が追いかけてくる。

からかうように逃《に》げた僕《ぼく》は、そこが道路だという注意を怠《おこた》った。

ハッと思ったときは、まぶしいライトの車が迫《せま》り、一瞬《いっしゅん》竦《すく》んだ僕は辛《かろ》うじて身をかわしたが、引き遅《おく》れた右脚《みぎあし》がバシッと車体に当たってしまった。

ギャン！　僕はボロのグローブとともに道路脇《わき》に投げ出された。

観光客から悲鳴が上がり、車の人が青くなっておりてきた。

「突然《とつぜん》飛び出したので、避《さ》けようがなくて……」

キュン、キューン……、痛《いた》がって脚を引きずる僕に、追ってきた学生がおろおろと謝った。

「ごめん、俺が追い回したから……早く病院に」

かがんで僕を抱《だ》き上げようとした学生を「じかに触《さわ》らないでね」と止め

た人がいる。

近所の動物診療所《しんりょうじょ》の女医だというその人は、知り合いらしいあのペンションのオーナーに毛布を持ってくるように頼《たの》むと、人々に説明した。

「キタキツネにはエキノコックスという寄生虫《きせいちゅう》がいて、体毛に卵《たまご》が付いていることがあるの。うっかり触《さわ》った人間の口に卵が入って感染《かんせん》すると、幼虫《ようちゅう》が肝臓《かんぞう》に寄生してだんだんに嚢胞《のうほう》を作り、最悪は死ぬこともあるのよ」

えっ……と人々がざわめいた。学生が尋《たず》ねる。

「そんな……、何か対策《たいさく》はないんですか？」

「エキノコックスは、昔、人間が野鼠対策《のねずみたいさく》に千島から移入させたキツネによって持ちこまれて、キタキツネにも広まってしまったもので、彼《かれ》らも被害者《ひがいしゃ》なのよ。行政でも、ドイツの例を参考に、空から駆虫剤《くちゅうざい》を混ぜた餌《えさ》を撒《ま》いたりの試みはしているけど、今の段階《だんかい》では安易な接触《せっしょく》を避《さ》けるのが一番ね。かわいいと餌をやったり撫《な》でたりしておいて、感染したら今度はキツネを恨《うら》むのでは、お互《たが》いに不幸でしょう。それに……」

と、女医さんは、オーナーさんが持ってきた毛布で僕《ぼく》をそっとくるんで、抱《だ》き上げながら言った。

「キタキツネは野生動物なの。この子のように人間から餌を貰《もら》うことを覚えると、自分で狩《か》りをしなくなり、やがて野性で生きる力も失うことになるのよ。こんな事故に遭《あ》う危険《きけん》も多くなるし……。だから、この子たちのことを思うなら、ごちそうをやってかわいがるのではなく、寄ってきてもむしろ追い払《はら》って、本来の野生に戻《もど》してやるのが、本当の優《やさ》しさだと思うのよ」

診察《しんさつ》の結果、僕は幸い脚《あし》の強い打撲《だぼく》だけで済《す》んだ。

女医さんとともに手当てをしてくれたオーナーさんは、翌朝《よくあさ》僕を森に放し、いつかのようにパン！　と両手を打ち鳴らして言った。

「君はこの北の大地のシンボルのキタキツネだ。野生の誇《ほこ》りをもって逞《たくま》しく生きるんだよ」

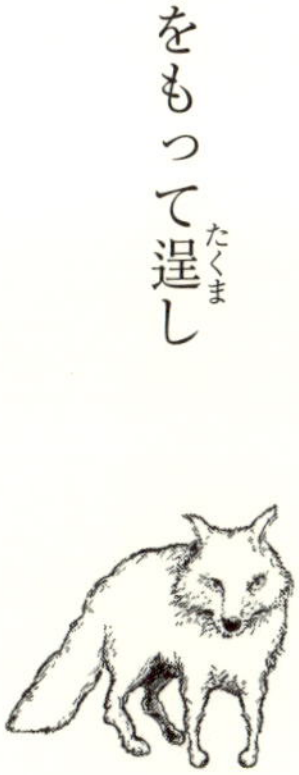

しょんぼり森に入ると、パパが待っていた。

「お帰り、キッチー……」

思わず涙《なみだ》が溢《あふ》れた僕《ぼく》を、パパは黙《だま》って受け止めてくれる。その深く鋭《するど》い眼差しの奥《おく》の力強い優《やさ》しさが、僕の心に熱くしみた。

ああ、僕もパパのようになりたい……。

晩夏《ばんか》の空に吹《ふ》き抜《ぬ》ける爽《さわ》やかな名残のラベンダーの香《かお》りの風の中で、僕の野生の魂《たましい》がようやく目覚めたようだった。

11 穴《あな》があいたハート

「俊《しゅん》君、このウサギの子、飼ってくれない？」

茜《あかね》ちゃんに連れられた私《わたし》が、中学の同級生の俊君の家に来たのは、のどかな春の夕方だった。

「いらっしゃい茜ちゃん、どんなウサギ？」

顔を覗《のぞ》かせたお母さんが部屋に招き入れる。

「生後3カ月のパンダウサギなの。昨日、親戚《しんせき》からもらったんだけど、うちのアンゴラウサギのホワイトがヤキモチを焼くので、一緒《いっしょ》に飼えそうになくて……」

キャリーから出され、警戒《けいかい》して立ち上がった私を見たお母さんは、手を打って喜んだ。

11 穴《あな》があいたハート

「まあ可愛い！　顔や胸《むね》や前脚《まえあし》は白いのに、目の回りが黒くて、本当にパンダみたいねえ」

お母さんはすぐに抱《だ》き上げようとしたが、急に体をつかまれて驚《おどろ》いた私《わたし》は「キーッ」と鳴いて腕《うで》をけってしまった。

「だめだよ母さん」

俊《しゅん》君が顔をしかめる。

「ウサギは臆病《おくびょう》で神経質なんだからね。こうやって少しずつ慣らさなくちゃ……」

俊君は私の背中《せなか》を指先でそーっと撫《な》でて落ち着かせてから掌《てのひら》で撫で、次に左手をお腹《なか》に回して、前脚の付け根を抱《かか》え上げながら右手でお尻《しり》を支え、静かに膝《ひざ》に乗せた。

「さすが俊君」

と、茜《あかね》ちゃんが感心する。

「小学校でウサギの飼育係をしてたときも、先生が、俊《しゅん》君は世話が上手だって褒《ほ》めてたものね」

照れ笑いした俊君に、お母さんが言った。

「飼ってあげましょうよ。名前は……、パンダをもじってパンジーはどうかしら?」


パンジーと名付けられた私《わたし》は、そのまま俊君の家の一員となった。

翌日《よくじつ》はちょうど休日で、お父さんは早速《さっそく》新しいケージを部屋に運びこみ、俊君の指揮《しき》で、必要な物も買い揃《そろ》えられた。

「ウサギはけっこう食いしん坊《ぼう》だけど、草食だから肉は食べないよ。主食はラビットフードを1日朝夕の2回。食事の後は必ず水を飲ませて、繊維《せんい》も必要だから、牧草と新鮮《しんせん》な野菜をおやつにあげるんだ。でも、ホウレン草やネギ類は体に悪いから、食べさせちゃだめだよ」

運動不足にならないように、俊君はできるだけケージから出して遊ばせてくれたが、部屋ではトラブル続きだった。

穴《あな》ウサギを祖先に持つ私たちは掘《ほ》ることが大好きで、地面のかわりに畳《たたみ》をひっかき、歯の伸《の》び過ぎを防ぐ本能から、柱やテーブルもガリガリかじる。

「あっ、パンジー！」

叱《しか》ろうとしたお母さんを、俊君が止めた。

「叱るときは名前を言っちゃだめだよ。呼《よ》ばれると叱られると思って萎縮《いしゅく》しちゃうだろ。名前は褒《ほ》めるときに、うんと呼んでやって」

「あらそうなの。じゃあ、ええと……コラッ！」

「コラッ！」と「パンジーはいい子ねえ」の繰《く》り返しの効果で、私はしていいことと悪いことを覚え、ようやく平穏《へいおん》な生活になった。

七月半ば。茜《あかね》ちゃんが、胸《むね》に木製のハートを抱《かか》えている可愛いウサギの置物を持ってきた。

「パパのイギリス出張のおみやげなの。ペアになってたので、1匹《ぴき》は俊君《しゅん》にと思って」

「ふうん、どーも」

と、俊君はクールを装《よそお》って受け取ったが、茜《あかね》ちゃんが帰ると、口笛を吹《ふ》きながらうれしそうに机《つくえ》の上に置き、私《わたし》に「これは絶対に触《さわ》っちゃやだめだよ」と念を押《お》した。

夏休みのある日、茜ちゃんが駆《か》けこんできた。

「田舎《いなか》のおじいちゃんが倒《たお》れちゃったの。しばらくホワイトをお願いできる？」

茜ちゃん一家は慌《あわ》ただしくお見舞《みま》いに出かけ、ホワイトがケージごと家に預けられた。

真っ白なふわふわのアンゴラウサギのホワイト嬢《じょう》は、この緊急《きんきゅう》事態にひどく機嫌《きげん》が悪かった。食べ物の好き嫌《きら》いも多く、嫌いな物はお皿を鼻で押《お》し戻《もど》し、プイッと顔を背《そむ》ける。私が近づくと神経質にウーと唸《うな》り、後ろ脚《あし》で床《ゆか》を叩《たた》いて威嚇《いかく》するので、一緒《いっしょ》に遊ぶこともできない。

悪戯《いたずら》には熱心で、お父さんのパソコンの線までかじってしまった。

「コラッ！」もどこ吹《ふ》く風。逆に機嫌《きげん》を取ろうとすると、けったり引っ掻《か》いたりするので、さすがの俊君もお手上げ状態である。

しかし、心配して毎日電話をよこす茜ちゃんには「いい子にしてるよ」と答え、俊君は辛抱《しんぼう》強い家来のようにホワイト嬢に仕えた。

そのしわ寄せは私に回ってきた。ニンジンが大好物のホワイトは、自分の分がなくなると、私のまで欲《ほ》しがる。

「パンジー、ごめん。ホワイトにもらうよ」

俊君は、私のニンジンをホワイトにあげてしまった。

私の好きなものはホワイトに捧《ささ》げられ、ホワイトがいらないと言ったものが私に回される。遊ぶのもホワイトが優先《ゆうせん》で、私はケージに閉《と》じこめられる時間が長くなった。

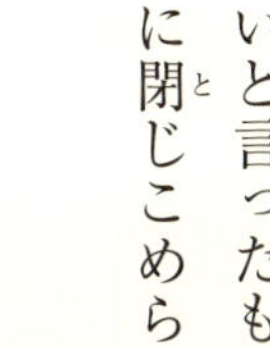

11 穴《あな》があいたハート

そのうち、私《わたし》はだんだん食欲《しょくよく》がなくなってきた。

餌《えさ》を残した私を見て、俊《しゅん》君がイライラと言う。

「パンジー、お前までわがまま言うのか！」

私はドキンとした。優《やさ》しかった俊君が、何だか変わってしまったみたいで悲しかった……。


十日ほどが経ち、茜《あかね》ちゃんから、また電話が入った。

「そう、おじいちゃん良くなってきたんだ」

俊君の声が、いつになく弾《はず》んでいる。

そのとき、机《つくえ》のほうからガリガリと音がした。見ると、ホワイトが、茜ちゃんからもらったウサギの置物の木のハートの部分を夢中でかじっている。俊君があんなに大事にしているものなのに……。

やめて！　と私は飛んでいって、ホワイトから置物を取り上げた。

そこに、電話を終えた俊《しゅん》君が戻《もど》ってきた。ハートに穴《あな》のあいた置物を持っている私《わたし》を見た俊君の顔色が、さっと変わった。

「パンジーッ、何してるんだ！」

怒鳴《どな》り声とともにバシッと叩《たた》かれた私は、あっけにとられて俊君を見上げた。どうして……なぜ私が叱《しか》られるの……？

怒《おこ》った俊君が部屋を出ていくと、私は体が震《ふる》えだし、朝食べた物も吐《は》いてしまった。

悲しくて情けなくて、まるで私の心にも穴《あな》があいたような気持ちだった。

「あらっ？　パンジー、どうしたのっ？」

見つけたお母さんが驚《おどろ》いて駆《か》け寄る。

すぐに病院に運ばれた私を診《み》たお医者様は言った。

「ストレス症状《しょうじょう》ですね。何か思い当たることはありませんか？」

俊君はハッとしたようにうつむいた。

家に帰ると、ホワイトがまたハートをかじっている。

事情を察した俊君は、私を抱《だ》き上げて謝った。

「ごめん、パンジー。僕《ぼく》の誤解《ごかい》だったよ……」

急に気が緩《ゆる》んだ私は、甘《あま》えるように顔を擦《す》り寄せながらふと思った。

ホワイトも茜《あかね》ちゃんと離《はな》れて、きっと寂《さび》しかったのかもしれない……。

「ホワイト、明日は茜ちゃんが帰ってくるよ」

俊君の声に、かじるのをやめて振《ふ》り向いたホワイトの目が、ちょっぴり潤《うる》んだように見えた。

⑫ マイ・スイート・ホーム

僕《ぼく》は狼犬《おおかみけん》のジャック。シベリア狼とハスキー犬との混血の僕は、姿《すがた》は狼で心は犬。首都圏近郊《しゅとけんきんこう》の閑静《かんせい》な住宅街《じゅうたくがい》で、お父さんやお母さんと高校生の咲《さき》ちゃんにかわいがられ、この夏1歳《さい》の誕生日《たんじょうび》を迎《むか》えたところである。

庭の半分以上を囲む広いサークル内で、僕とボールで遊んでいた咲ちゃんが、あきれたような声を上げた。

「ジャックったら、新しいボールにもう穴《あな》をあけちゃったわ。昨日は私《わたし》を起こそうとして、パジャマの袖《そで》を引っ張って、破いてしまったのよ」

「悪気はないんだよ」と、お父さんが笑った。

「ジャックには狼の血が入ってるから、噛《か》む力が強いのさ。でも、性格はとても優《やさ》しい子だよ」

お父さんには、僕は自慢《じまん》の息子なのだった。

ある日、咲ちゃんがむっとして帰ってきた。

「今、庭の前で、近所のテツ君のお母さんが、悪い子はこの怖《こわ》い狼に食べられちゃうのよー、なんてテツ君に言ってたわよ。失礼ねえ」

「狼は童話などでは狂暴《きょうぼう》な印象が強いからなあ。本当は、家族や仲間思いの優しい動物なのに」

お父さんが言い、お母さんは顔を曇《くも》らせた。

「テツ君って幼稚園《ようちえん》でもずいぶん腕白《わんぱく》らしいわね。ジャックをいじめたりしないといいけど……」

お母さんの心配は当たってしまった。腕白坊主《ぼうず》の冒険心《ぼうけんしん》で、テツ君は家族の留守を狙《ねら》って庭に入ってくるようになったのだ。

サークルに石をぶつけたりして「お前なんか怖《こわ》くないぞ」と見栄《みえ》をきる。

僕はなるたけ無視《むし》していたが、扉《とびら》の掛《か》け金の音にだけは反応するので、

テツ君は何度もガチャガチャ鳴らしてみせた。

11月末の休日は、咲《さき》ちゃんのピアノの発表会で、家族皆《みな》が留守になった。その日も自転車でやってきたテツ君は、いたずらがエスカレートし、僕《ぼく》の大の苦手の爆竹《ばくちく》を鳴らしたのだ。

僕はピイピイ鳴きながら、サークル内を走り回った。面白《おもしろ》そうに見ていたテツ君は、煽《あお》るように掛《か》け金をガチャガチャ言わせたが、あまり乱暴《らんぼう》に動かしたので、鍵《かぎ》がガタンと壊《こわ》れてしまった。開いた扉《とびら》から、パニック状態で飛び出した僕に、テツ君はびっくり仰天《ぎょうてん》。悲鳴を上げ、慌《あわ》てて自転車で逃《に》げようとしたが、舗道《ほどう》の縁石《えんせき》にタイヤをぶつけ、ひどく転倒《てんとう》してしまった。

倒《たお》れたテツ君は、手足から血を流し、わあわあ泣き出している。

その声にハッと我《われ》に返った僕は、いたずら坊主《ぼうず》に抗議《こうぎ》しようと、そばに行ってワンワン吠《ほ》えたが、いつものいじめっ子らしくなく泣き続けるテツ

君が、何だか急にかわいそうになった。そこで、いつも咲《さき》ちゃんを起こすときのように、袖《そで》をくわえて助け起こそうとしたが、テツ君はかえって怖《こわ》がって抵抗《ていこう》し、服が大きくビリッと裂《さ》けてしまった。

そこに人が通りかかった。

「ワァーッ！　狼《おおかみ》が子どもを襲《おそ》ってるわあ！」

さあ、大騒《おおさわ》ぎになった。僕《ぼく》は何が何だかわからないまま人々に捕《と》らえられ、お父さんたちが飛んで帰ってきた。

テツ君は幸い怪我《けが》は軽かったが、僕が襲ったから倒《たお》れたと言い張っているらしい。折悪しく、翌日《よくじつ》には他県で狼犬が家畜《かちく》を襲う事件が発生。

さらに、僕の出生元の繁殖家《はんしょくか》が、狼と犬をかけ合わせた結果、荒《あら》い性質が現れた「失敗作」の狼犬を多数、ストリキニーネで処分《しょぶん》していた事実も発覚し、僕も狂暴《きょうぼう》らしいとの噂《うわさ》が持ち上がった。

テツ君の両親は、僕を処分せよと怒鳴《どな》りこみ、近所からの抗議《こうぎ》も殺到《さっとう》。お母さんはショックで倒《たお》れ、お父さんも頭を抱《かか》えこんだ。

不安でおろおろする僕を、咲ちゃんが必死でかばった。

「ウソよ、ジャックが人を襲うわけないわ！」

「しかし、サークルの扉《とびら》が開いてしまった責任は免《まぬか》れられないよ。だが、ジャックを処分するなんて……」

思いつめたように呟《つぶや》いたお父さんは、3日後、会社を休むと僕を車に乗せた。いつもドライブする海岸線も過ぎ、何時間も走っていく。僕はトイレに行きたいと訴《うった》えたが、お父さんは「我慢《がまん》しなさい」と止まらず走り続けた。

「ジャックは半分狼だ……、処分より野生で生きる道を……」

独り言を言いながら、お父さんは泣いているようだった。

山の脇道《わきみち》をいくつも奥《おく》深く入ったところで、ようやく車は止まった。

お父さんは僕をギュッと抱《だ》きしめ、なぜか首輪を外してドアを開けた。

ギリギリまでこらえていた僕は、飛んでいって用を足した。と、バタン！　とドアの閉《し》まる音がして、車が猛《もう》スピードで走り去るのが見えた。

⑫ マイ・スイート・ホーム

「あっ、待って！」

僕《ぼく》は驚《おどろ》いて追いかけたが、車はそのまま木立の向こうに消えてしまった。

日が暮《く》れ、あたりはもう真っ暗だ。茫然《ぼうぜん》とした僕は懸命《けんめい》に考えた。

トイレで頭がいっぱいだった僕は、ここで待てと言われたのを聞き逃《のが》したのかもしれない……お父さんたちは、どこに出かけても必ず帰ってきてくれたもの……。きっとそうだ。


翌日《よくじつ》もその翌日も、僕はじっと待ち続けた。

そのうち、とうとう我慢《がまん》できなくなり、僕は自分で家に帰ろうと決心した。車で来た道はよく覚えていなかったが、本能的な勘《かん》に従《したが》って山をおり始めた。

途中《とちゅう》で野犬の群れに出会った。仲間かと思ったのもつかの間、狼臭《おおかみくさ》い僕は敵とみなされ、「テリトリーに近づくな！」と、激《はげ》しい攻撃《こうげき》を受けた。

結局、僕は犬でもなく狼でもないのだ。

自分で餌《えさ》を捕《と》る術《すべ》も知らない僕は、木の実や草をかじり、辛《かろ》うじて飢《う》えを凌《しの》いだが、体は次第《しだい》に弱っていく……。野犬に噛《か》まれて痛《いた》む脚《あし》を引きずりながら、僕は絶望を打ち消すように山をさまよった。

1週間、10日……と日が経ち、夜の冷えこみも一段《いちだん》と厳《きび》しくなった。

満天の星空の下で、やせ細った僕は震《ふる》えながら泣いた。お父さん、お母さん、咲《さき》ちゃん……空腹《くうふく》より寒さより、ただただ家族の温《ぬく》もりが恋《こい》しかった。


小雪がちらつき始め、僕の体力も限界かと思われた夕方。木立をすかして街の明かりが見えた。そばの道路を通る車が懐《なつ》かしくて、そちらへとおりてみたときだ。街のほうから、ブルルル……と、聞き慣れた車のエンジン音が近づいてきた。空耳だろうか……？　いやあれは確かに！

僕はよろめく脚をふんばり、夢中でその車を止めようと駆《か》け出していた。はねられる寸前《すんぜん》のところで急ブレーキがかかり、ドアが開いた。

「ジャック？　ああ、やっぱりジャックよ！」

⑫ マイ・スイート・ホーム

叫《さけ》んだ咲《さき》ちゃんに続き、お父さんもお母さんも車から飛びおりてきた。

「ジャック、よかった……。これから捜《さが》しに行くところだったんだよ。テツ君がやっと本当のことを話してくれたんだ。でも、どうしてこんなところに……？　そうか、自分で帰ろうとしたんだね？　ごめんよ、早まって、つらい目にあわせてしまって……」

顔をくしゃくしゃにして謝《あやま》るお父さんたちの腕《うで》に倒《たお》れこんだ僕《ぼく》は、うれしさで声も喉《のど》にひっかかってしまった。

みんなに抱《だ》きかかえられて車に乗せられ、懐《なつ》かしい家へと向かう僕の目に、街のイルミネーションが温かく滲《にじ》んで見える。クリスマスが間近なのだ。

「ジャック、プレゼントは何が欲《ほ》しいの？」

咲ちゃんが優《やさ》しく聞く。

僕はもう何もいらない。この家族と一緒《いっしょ》にさえいられれば……。

狼でも犬でもない僕が、僕でいられるマイ・スイート・ホーム。

「おかえりなさい」の一言が、最高のクリスマス・プレゼントだった。

あとがき

『12の動物ものがたり』をお読み下さって、ありがとうございました。
皆様《みなさま》はどの動物に興味を持たれましたか？　また彼《かれ》らの声を、どんなふうにお聞きになったでしょうか？

動物文学会の平岩由伎子《ひらいわゆきこ》先生を通して、月刊誌《げっかんし》『PLASMA《プラズマ》』（芸術生活社）に、動物に関する短編の連載《れんさい》を……という依頼《いらい》をいただいたのは、8年前の春でした。

当時『PLASMA』の編集員をなさっていた大波多陽子《おおはたようこ》さんが、たまたま図書館で動物文学会の季刊誌《きかんし》を見つけたのがきっかけで、主宰者《しゅさいしゃ》の平岩先生に「中高生向きの動物の話を書ける人を紹介《しょうかい》していただけませんか？」と問い合わせをされたとのこと。

突然《とつぜん》白羽の矢が立った私《わたし》は、どうしよう~と、とてもあわてました。

動物は大好きですし、動物文学会にも籍《せき》を置かせていただいていますが、私がよく知っているといえるのは、横浜《よこはま》で12年間かけがえのない家族として生活を共にし、1994年に犬生を全《まっと》うした愛犬のシェパードのムサシ*のことだけです。

でもご紹介下さった由伎子先生には、ムサシが子犬のころに病気で危《あぶ》ない状態になったとき、先代の主宰者で狼《おおかみ》やシェパードの研究の第一人者でいらしたお父様の米吉《よねきち》先生やお母様とともに、お電話での親身なアドバイスで助けていただき、その後も何かとお心をかけていただいています。やはり頑張《がんば》らないわけにはいきません。

さあ、たいへん！　フィクションとはいえ、主人公の動物の本質をはずしたら、たとえば、狼が数々の童話で悪者に描《えが》かれたために、誤《あやま》った凶暴《きょうぼう》なイメージを被《かぶ》せられてしまったように、彼らに申し訳《わけ》ないことになります。

かといって、動物の専門家《せんもんか》ではない私が、どこまで彼らのことを理解し書くことができるのか……？　どう進めようかと悩《なや》みながら、軽井沢《かるいざわ》への旅行の途中《とちゅう》に立ち寄ったのが、長野にある東山魁夷《ひがしやまかいい》美術館でした。

自然の声にじっと耳を傾《かたむ》け、画伯《がはく》ご自身がその世界に溶《と》け合って描かれたような作品の数々に、心震《ふる》える感動を覚えました。そして、及《およ》ばずながら私も動物たちの声に耳を澄《す》ませ、聞こえてくる彼らの気持ちを素直《すなお》に書けばいいのだ……と、肩《かた》の力が抜《ぬ》けたのでした。

毎回、主人公の動物の仲間になったつもりで、いざスタート！　です。

第一話目は盲導犬《もうどうけん》。飼い主との別れの連続という、犬にとっては何よりもつらいことに耐《た》えなければならない盲導犬の「気持ち」を思いきり書いてみました。

読者の方の共感もいただけて、次は野生動物にも目を向けることにします。

私は旅行や主人の出張のお伴《とも》で出かける機会に、各地の動物に関係する方々のお話を伺《うかが》うことにしました。

そこには、もちろん心温まる微笑《ほほえ》ましいお話もありましたが、ショックを受けたのは、多くの動物たちが、人間の都合や思い違《ちが》いや環境破壊《かんきょうはかい》などによって、つらい涙《なみだ》を強《し》いられている現状でした。

一言に動物といっても、野生動物はいくらかわいがられてもペットにされるのは不幸ですし、逆に、犬や猫《ねこ》のように、人間と一緒《いっしょ》に暮《く》らしたいと積極的に願う動物にとっては、野に放される自由は最大の絶望なのだということも、痛感《つうかん》させられました。

そんな彼らとの共存《きょうぞん》をめざして、一生懸命《けんめい》に活動されている方々の優《やさ》しさと厳《きび》しさと頑張りには、頭が下がる思いです。

お忙《いそが》しい中、快く取材に応じて下さった関係者の方々や動物さんたちも、本当にありがとうございました。

友人や知人たちの話や、私の数少ない経験も盛《も》りこみながら、半年の予定だった連載は1年に延長《えんちょう》になり、それだけ関心を持って下さった読者の皆様にも感謝でいっぱいです。

微力《びりょく》な私にいくつものヒントを下さった平岩由伎子先生、臨場感《りんじょうかん》のある温かな挿絵《さしえ》を描《か》いて下った白崎裕人《しらさきゆうと》さん、連載をしっかりフォローして下さった『PLASMA』編集部の大波多陽子さんやスタッフの皆様にも、たいへんお世話になりました。(余談になりますが……CGも手がけられる大波多さんは、出版社を退職後の2002年には、私のクリスマスの童話『心のおくりもの』〔文芸社〕の挿絵も描いて下さいました)。

連載終了《しゅうりょう》後には、商業出版物にはしないという約束で、雑誌《ざっし》のページをそのまま転載《てんさい》したものを『12の動物ものがたり』として手作りの冊子《さっし》にまとめましたが、最近また動物と人間のトラブルが多発していることもあって、正式な本にしてほしいとのご要望も、ちょくちょくいただきます。

そこで改めて『PLASMA』の現在の編集長さんにお願いしてみたところ、掲載誌《けいさいし》名などを明記すればいいですよ、と許可をいただくことができました。

それを受けて、今回の出版を敏速《びんそく》かつ素晴《すば》らしいプランでセッティングして下さった文芸社出版企画部の伊藤和行さん、『心のおくりもの』〈文芸社〉に続き、お心をこめて編集・制作して下さった編集部の佐藤千恵さんやスタッフの皆様にも、心からお礼を申し上げます。

また、遠方からいつも健康を気遣《きづか》い見守ってくれている両親たちや、取材にも協力してくれた妹夫婦、どんなときも最高のパートナーである主人と、今も私たちの心の中で生き続け、動物たちの声の〝通訳《つうやく》〟もしてくれた故・愛犬ムサシにも、この場をかりて「ありがとう♪」を言いたいと思います。

年々増える一方の野生動物たちとのトラブルや、ペットブームの名のもとに、ファッションの一部や癒《いや》しの道具のようにも扱《あつか》われる犬猫たち……。どうしたらいいのでしょうか？
動物と人間が同じ生き物として本当に対等に暮らすには、どうしたらいいのでしょうか?

これからも皆様と一緒に考えながら、野生動物には山や森が、ペットたちには家族と暮らす場所が、それぞれの最高の「マイ・スイート・ホーム」でありますように……と願っています。

２００８年　秋

山部　京子

＊ムサシとの生活を綴《つづ》った『わんわんムサシのおしゃべり日記』が11月に文芸社から再版される予定です。本書とともにお付き合いいただけましたら幸いです♪

《主な取材先とご協力下さった方々（五十音順 敬称略）》

●馬の博物館&ポニーセンター〔横浜市〕【第6話】
●（旧）江の島水族館マリンランド〔藤沢市〕【第3話】
●金沢乗馬倶楽部〔石川県馬事公苑内〕【第6話】
●鎌倉市みどり課〔鎌倉市〕【第9話】
●瀬戸 雅宏〔金沢市〕【第4話】
●中村 俊子〔金沢市〕【第5話】
●NPO法人ピッキオ〔軽井沢町〕【第2話】
●平岩 由伎子〔東京都・動物文学会主宰〕【第1、4、8、10、12話 他】
●（財）平岡環境科学研究所〔相模原市〕【第4話】
●富良野プリンスホテル〔富良野市〕【第10話】
●星野リゾート・ピッキオビジターセンター〔軽井沢町〕【第2話】
●松尾 裕信・明子〔岩沼市〕【第11話】
●南 正人〔軽井沢町〕【第2話】

その他、多くの方々と動物たちにお世話になりました。

《主な参考文献》

●『うさぎとお友だち（今泉忠明 監修）』（主婦の友社）
●『季刊コンソート 第4号より「鳥の声 その文化鳥類学的解析」（柴田敏隆 著）』（草楽社）
●『シマリスのいる生活（森野なつめ 著）』（PHP研究所）
●『週刊朝日百科 動物たちの地球46号より「クマ3種の過去と現在」』（朝日新聞社）
●『動物文学 第63巻第1号より「日本狼とは何か その残存の可能性」、第64巻第1号より「提言」、第65巻第1号より「佳話と奇話（二四）」「提言（二）」、第65巻第2号より「佳話と奇話（二五）」、第66巻第1号より「佳話と奇話（二六）」、第66巻第2号より「子ガラスアーア」「提案・提言（五）」他（平岩由伎子 著）』（動物文学会）
●『鳥のおもしろ私生活（ピッキオ 編著）』（主婦と生活社）
●『日本動物大百科 哺乳類1より「ツキノワグマ」』（平凡社）
●『リコーダー 音の風景Vol.1鳥のアルバムより「小鳥愛好家の楽しみ」』（東亜音楽社・音楽之友社）
●『リスクラブ（大野瑞絵 著）』（誠文堂新光社）
●『リゾートレターより「ピッキオ物語 ツキノワグマ追跡調査開始！」他』（星野リゾート）

などの文献を参照させていただきました。

《主な参考ホームページ》

●エキノコックス症の知識と予防
（http://www.pref.hokkaido.lg.jp/hf/iks/0000contents/ekino/）

●初心者のためのバードウォッチング講座
（http://www.kt.rim.or.jp/~hira/birding/link/new00w.html）

●シリーズ青葉山１１９ハシボソガラス
（http://www.biology.tohoku.ac.jp/garden/aobayama/199Corvus.bak）

●信州ツキノワグマ研究会
（http://www.shiojiri.ne.jp/~koyama/index.html/）

●狸の説明
（http://www.geocities.jp/otanuki_yama/tanuki3.html）

●日本の身近な動物たち
（http://www.city.ichikawa.chiba.jp/shisetsu/dobutsu/zookoen/mijika.htm）

●NPO picchio
（http://npo.picchio.jp/）

●ピッキオ軽井沢の自然と遊ぶネイチャーツアー
（http://picchio.co.jp/sp/）

●ペットをすてないで
（http://www.dab.hi-ho.ne.jp/wallaby/what. s-pets/public.html）

●北海道大学大学院獣医学研究科寄生虫学教室
（http://www.vetmed.hokudai.ac.jp/parasitology01.html）

などのホームページを参照させていただきました。

画家プロフィール

白崎　裕人（しらさき　ゆうと）

1960年　東京都中野区生まれ
1983年　横浜市立大学文理学部卒業
現在は、横浜美術協会会員（ハマ展審査員）、春陽会会友

【展覧会等出品・受賞歴】

1989年～　KFSアートコンテスト展
（以後毎年出品　銀座アートホールほか）
1991年　日刊ゲンダイ賞
1992年　コーチナ（アメリカFAS）賞
1993年　文房堂賞
1998年　奨励賞、コーチナ（アメリカFAS）賞
1999年、2002年、2003年、2005年　奨励賞
2004年　FAS賞
1990年　JACA日本イラストレーション展準入選（図録掲載）
1991年　上野の森美術館大賞展（上野の森美術館）
1992年～　神奈川県美術展
（1993年、1996年、2004年　神奈川県民ホール）
1993年　伊豆美術祭絵画公募展賞候補（伊豆観光会館）
イラストレーション・ニューウェーブ100人展
（電通ギャラリー）
1996年～　ハマ展（以後毎年出品　横浜市民ギャラリー）
2003年　横浜市会議長賞
2004年　第60回記念賞
2007年　画路賞
1998年～　春陽展（以後毎年出品　東京都美術館、新国立美術館）
2001年　球の会展（2003年　銀座アートホール）
2004年　童画・絵本イラストグランプリ（ギャラリーフェーマス）
2004年　優秀賞
2005年　講談社幼児雑誌賞

【出版物等掲載】

1998年　『猫への手紙』（青葉出版）本文カット掲載
1998年～　『イラストック』（講談社フェーマススクールズ）
1999年　『プリントゴッコイラスト集』（理想科学工業）カット 掲載
2000～2001年　月刊『プラズマ』（芸術生活社）掌編小説カット連載
2000年　『日本のイラストレーター1000人』（アートバンク社）

著者プロフィール

山部　京子（やまべ　きょうこ）

主婦・児童文学作家。

1955年、宮城県仙台市生まれ。宮城学院高等学校卒業後、ヤマハ音楽教室幼児科＆ジュニア科講師を7年ほど勤める。結婚と同時に神奈川県横浜市へ。その後、石川県金沢市に移り現在に至る。

子どもの頃から犬や動物、音楽や読書が大好き。1989年、少女小説でデビュー。きっかけは、結婚後共に暮らした愛犬ムサシの日記の一部を出版社に見せたことから。

主な著書は『あこがれあいつに恋気分』（1989年）〔ポプラ社〕、『あしたもあいつに恋気分』（1991年）〔ポプラ社〕、『心のおくりもの』（2002年）〔文芸社〕、『わんわんムサシのおしゃべり日記』（2005年）〔新風舎〕、『夏色の幻想曲』（2007年）〔新風舎〕。

他、月刊誌『PLASMA』（2000年7月号～2001年6月号）〔芸術生活社〕に動物に関する短編を連載。本書はそれを『12の動物ものがたり』としてまとめたもの。

日本児童文芸家協会会員。動物文学会会員。

12の動物ものがたり

2008年10月15日　初版第1刷発行

作　山部　京子
画　白崎　裕人
発行者　瓜谷　綱延
発行所　株式会社文芸社
〒160-0022　東京都新宿区新宿1-10-1
電話　03-5369-3060（編集）
03-5369-2299（販売）

印刷所　株式会社フクイン

ISBN978-4-286-05301-1